春歌霏韵

郭彦雄 著

内容丰富多彩，形式多样，珠吟玉咏，无不深情备至，从心而出，有感而发。行云漫漫，缠绵遗远，流响于梧桐。

天津出版传媒集团
百花文艺出版社

图书在版编目（CIP）数据

春歌霏韵 / 郭彦雄著 . -- 天津 : 百花文艺出版社 ,
2024.2
ISBN 978-7-5306-8778-9

Ⅰ . ①春… Ⅱ . ①郭… Ⅲ . ①诗集—中国—当代
Ⅳ . ① I227

中国国家版本馆 CIP 数据核字 (2024) 第 037713 号

春歌霏韵

CHUNGE FEI YUN

郭彦雄　著

出 版 人： 薛印胜

责任编辑： 郑　爽

装帧设计： 百悦兰棠 [BAIYUE LANTANG]

出版发行： 百花文艺出版社

地址： 天津市和平区西康路 35 号　　**邮编：** 300051

电话传真： +86-22-23332651（发行部）
+86-22-23332656（总编室）
+86-22-23332478（邮购部）

网址： http：//www.baihuawenyi.com

印刷： 廊坊市海涛印刷有限公司

开本： 880 毫米 ×1230 毫米　1/32

字数： 155 千字

印张： 12

版次： 2024 年 2 月第 1 版

印次： 2024 年 2 月第 1 次印刷

定价： 68.00 元

如有印装质量问题，请与廊坊市海涛印刷有限公司联系调换
地址：河北省廊坊市安次区码头镇金官屯村海涛印刷有限公司
电话：（0316）2516002　邮编：065000

目　录

草原上的花

有关花的心事与逸闻
只有风才能解释它的真相
一朵朵带着图腾从古意走来
艺术的青春洋溢着蓬勃的光芒

弹性的时间交给了美感
内心的花朵开始绽放
用简单的言辞顺着茎叶向上望去
飞扬的思想走向四溢的芬芳

作为远方到来的一位过客
我凝视着四月酿造的一片馨香
匆匆岁月让生命葱茏
情深义重的花草让记忆展开想象

默读随着时间发酵的往事
浪漫主义用婉约营造一种意象
写在花蕊上的诗句
用美丽编织草原缤纷的华章

有意无意摇曳的花朵
将暗淡的心灵抚慰成一片光芒
质朴的风情带着草原的色彩
成长的履历总飘溢着芳香

色彩的丰富性与延展性
把时间的秩序不断拉长
在绽放的语境中青涩退去
一首首颂歌升腾着飘向远方

再访草原

季风吹着吃草的牛羊
辽阔的宁静洋溢着诗与远方
一片鲜花摇着草原心事
毡房的故事让人的情感激荡

千万株花朵迎风摇曳
每一瓣都写满丰盈的时光
漫步其间与它们交流暗语
每一个微笑都在营造哲学的意象

毡房的炊烟牵魂萦梦
姑娘的情歌炙热，忧伤
风雅的草原孕育着柔情
奔走的岁月装满丰富的幻想

一片喂养文字的花朵
让风的大笔书写灿烂的花乡
悠闲的云总在随意地停留
我重新认识了草原内在的真相

关于草原的轶事很难说清
生命对纯粹与绝对有时过于痴狂
所有的事物都应心怀敬畏
草木屏息、花朵沉思、湖水碧波荡漾

百年一瞬，数度春秋
发酵的往事会谱写成一篇篇动人文章
把心沉下感受它柔情似水的暖意
让它在我的身上划出美丽的光芒

草原一瞥

她在现实与梦幻的湖旁
看着水面浪漫的晶莹遐想
波光映着岁月闲恬的影子
清凉与静美把记忆擦亮

草原的时序都值得耐心咀嚼
轻风荡漾葳蕤的百草自带清香
深谙姑娘心事的湖水
用粼粼的波纹熨平她内心的忧伤

云朵从远方带来骑手的思念
恬淡的歌声飘出了期盼与渴望
在敖包前畅谈他们的未来
用一生来经营他们的追求与向往

奔走的时间描绘清丽的诗句
默读的脚步让足音发出回响
将沿途采撷的一个个灵感
制成一件称心的礼品献给梦想

花香馥郁经营着蜂蝶的爱情
格桑花用生命让草原飘香
铺开一片辽阔的宁静与旷世的明媚
湖水映出蓝天的纯净光芒

敖包一站，就站成千古之谜
让有缘的情感牵着一轮明月
借一湖清澈，把酒临风
细读它走过坎坷的烟雨长廊

草原的雨

雨是能触摸到的绿色语言
带着使命转世来到草原
条条银线倾斜成一片情愫
音律在古典的节奏上漫长而幽远

雨中的草原恬静，安详
绿色的交织带来一片美好的梦幻
用心解开俗世的一个个心结
长丝的秘密让有情人陷入失眠

承载着风风雨雨的草原
用辽阔把此时的静与美来展现
雨声中谈论着诗情画意
披一路风尘解读弹性的时间

将奔波的路途一一写下
厚厚的历史册页中写上昨天与今天
默默无语，心总愿沉默
一季一场的大戏已演了百年千年

草原用雨解释生命的道理
不停的脚步穿过了时光的云烟
沙沙的曲调踩着韵脚
潇洒的神态纯净了安然的草原

草原的牛羊

我站在草原的腹地
聆听风带来的阵阵诗句
若无其事的吃草牛羊
让古老的草原更加辽阔安谧

湖水、小鸟、蝴蝶
蜜蜂与花朵一望无际
给草原与天空
增添了无尽的思索与神秘

放牧姑娘的优美歌声
让白云沉醉，让草原不再沉默不语
牛羊在蓝天下缓慢移动
翻译着草原千年轮回不变的更替

湖面闪耀，花朵摇曳
云卷云舒映出水中的秘密
姑娘的长鞭指向天边
骑手的蹄声带来了惊喜
安静的牛羊与飘动的白云
柔和成一种独特的天人合一
安然的风景让我们读出了
曾经兵荒马乱的风风雨雨

阳光下一群草原游动的精灵
闲庭信步地倾听着花草窃窃私语
姑娘的鞭梢清脆的回音逐着太阳
内心的信仰倾注在永恒的岁月里

毡　房

美丽的毡房飘出奶茶的清香
姑娘的情感滋润着甜蜜的时光
牵挂，走出一条柔美的曲线
一头系着温情，一头伸向千里的远方

格桑花一朵朵绽开的姿态
让整个无边的草原春心荡漾
鹰在滑翔时，眼睛俯视着大地
姑娘用虚构的故事编织向往

姑娘在曲调起伏中沉默不语
一片片草叶流淌着绿色的阳光
蓝天与绿地演化着时间的神秘
读不懂毡房就读不懂草原的姑娘

风中的骏马甩动着长鬃
羊群如白云牵动着一束束目光
骑手在飞驰中豪情满怀
高亢的歌声飘过湖水飘入毡房

夕阳下，洁白的毡房
承接着天地间的缕缕余光
诗意如轻风梳理着草原的心境
三千里的花海为古老的毡房绽放

绿色的时光让记忆保持应有的温度
袅袅炊烟牵引出思念与守望
辽阔的草原因你而生动
也因你而生机勃勃，豪情万丈

草原的风

所有的花草都在倾斜中
用舞蹈勾画一场欢乐的梦
那些飘动的思绪顺着明晰的脉络
带着芬芳营造出一道亮丽的风景

湖边一只鸟抖动着翅膀
用风光梳理自己的一片心情
白云在毡房顶上悠闲漫步
以一颗素洁禅心洗涤着灵魂

阳光重复着昨天的青春
草尖上金色的光粒轻盈闪动
从千里万里的草原边缘而来
在一片高谈阔论中弹奏历程

在如水的岁月里情润万物
流动中舞出一个个不同造型
拉长了马头琴的悠悠长调
让旋律在起伏中滋润每个心灵

许多往事都已远去
只有轮回的风仍在吹着草原的梦
没有谁知道它内心的波浪
七月的花草续写着一部《诗经》

借用一朵鲜艳的红花
为烟雨的旅途写下灿烂的生命
为一种信仰从不停下脚步
日夜兼程，在浪漫中淡定从容

西 域

沙漠以荒凉的使命
证明着时光的变迁与沧桑
一株株胡杨用泛黄的语言
陈述着西域昨天与今天的走向

风在空旷中呐喊着
曾经的生活反射出诱人的传奇与迷茫
辽阔的沙海呈现着本色
地下的亡灵依旧用歌声追念故乡

每一颗砂粒都在啄刺我的面孔
每一根枝叶都在暴晒中坚定着向往
沙粒与枝叶都应值得书写
思辨的两极白昼中依然是孤独与苍凉

西域，不须描述或佐证
生命在时间与枝干上度化着时光
作为一个永恒的话题千年不衰
驼铃依然为记忆的昨天疗伤

很久没有这种体验了
心灵的震动带来了赤裸的幻象
以阳光的名义，向你致意
在时间的轮回里依旧丰盈着想象

如果用回忆告诉一个故人
一切都在岁月中消失与成长
葡萄与美酒已不在为晚霞落泪
时间的更替用单词调整人们的渴望

沙漠上

大漠无际，黄沙肆虐
厚重和纯粹的颜色使性格张扬
顺着一粒粒翻滚的方向
让我们追寻历史的足迹与曾经的辉煌

被蓝天与云朵滋润的胡杨
以雄性的骑士充满坚韧与刚强
滚动的沙粒打磨着时间
角逐中奔向驼铃失去的方向

远处的夕阳悄悄落下
给胡杨镀上一层金光
借来一些空旷与孤寂的野性
让我的内心多几分勇气和豪放

日复一日，年复一年
有谁能见证这历史的沧桑
坚守几千年不屈的胡杨
为一个不语的朝代代言与疗伤
站在这里，我仿佛看到
一片杯觥交错的繁荣景象
一段战马嘶鸣的刀光剑影
和被岁月扭曲了一段斑驳的时光

比历史还厚重的传说
随着一路的蹄声
飞出使命与信仰
行进的脚步顺着心灵的道路
踏着远去的嘶鸣寻找那份雄武与悲怆

胡杨（一）

起伏的沙丘流动着记忆
用耐心阅读独有的风言风语
一片落叶划出一道优美的弧线
胡杨用冷静营造出一种新奇

沉默的心情观察着流沙的走向
身体的线条在探索着千古的秘籍
时间精雕着每一个枝叶
风沙的苍凉让它依然千年耸立

沙海在不同的时间变换造型
天空的册页写着每一天的经历
胡杨用坚定的信仰谨守着忠贞
用笨拙的形式注解着风沙变迁的秘密

有些事物的心并不寂寞
内心的强大从未感到自己的孤立
闲云总是与它悄悄交流心境
无所事事的风总是飘来荡去

沙丘以流动展示着风姿
波浪的情节记录着胡杨的履历
深秋的枝叶呈现一种自然美学
总是让灵感产生独特的诗词歌句

我站在沙漠的边缘凝视
听着风捎来的各种消息
多年的修炼养成一种沉默
时光一路都在诠释着它存在的意义

胡杨（二）

在天空的氤氲中昂然挺立
枯萎的枝干只有灵魂和思想
沙粒从枝叶间悄悄滚动
寂寞中依然保持一生的信仰

横倒竖卧有些不再站立
根须裸露依旧是精神昂扬
一个个像经历鏖战的勇士
英雄的气势仍充满残留的力量

瓦蓝的天空、悠闲的云
从容地咀嚼着破碎的时光
胡杨的沉默也是沙漠的沉默
驼铃的记忆点亮夜空的星光

孤独里执着地坚守着初心
内心的水声书写着无畏与坚强
一根根高扬的枝干消遣着时间
一种雄性的霸气蔑视坎坷与沧桑

一棵棵昂扬挺拔的生命
在沙漠的乐园酿造着梦想
风打开神秘的经卷，我细读
千年以来它们秘史的残缺篇章

相逢的词语汇集在它们之中
壮观，苍凉打造着一种意象
岁月让平淡的日子不再平淡
坚定的意志让大漠溢出不老的形象

胡杨（三）

当太阳与历史悄悄地穿过
落在广袤无垠的沙粒上
凝聚生命的语言
成为点燃孤寂音节的灵光

驼队和梦境用流动的细语
让节奏表达着往日的繁华的乐章
风吹拂着胡杨的每根枝条
以特有的色彩渲染着奔走的时光

千年的胡杨用沧桑的面孔
擦亮了无数眼睛与生命的过往
孤烟落日残照着陈旧故事
扭曲的枝干就是一段难言的忧伤

时间重叠在坎坷裸露的根须上
借助骆驼的精神和力量
用一种野性与韧性
支起一片绿色的希望

沙粒让风煽动着情绪
无声的较量积蓄着美的力量
坚硬的沙漠与顽强的胡杨
在轮回的曼妙里依然从容地成长

将洋溢着蓬勃的生命
组成词语谱写岁月的壮丽和辉煌
辽阔的色彩浸润成金黄的哲言
雄浑与悲壮烙印成一种不朽的信仰

杜鹃花

一个季节书写一段记忆
一些词语悄然跳在耳旁
穿过一阕阕辞赋的韵脚
婉约与豪放在这里打开一片景象

抬眼是诗，低眉是词
在热烈的浪漫中显得那么安详
蜂蝶无声无息地忙碌心事
恬淡，清新内心的镜子被擦得明亮

一片艳艳如火的杜鹃
在四月的歌声里那么典雅，端庄
腹内堆积的沧桑用时间来度
轰轰烈烈地编织一片吉祥

所有的浮躁都陷入平静
心中的杂乱被轻轻地涤荡
平静的心情落在娇艳的花蕊上
高贵的气质锦绣着一种意象

如烟如雾的暖色谜团
空气中有一种甜蜜在绽放
经过风雨的考验满怀激情
沉默的色彩让阳光歌唱

岁月在尘世里有了深度
风在不管不顾中荡漾着芬芳
妖娆与纯情弥漫着四月的味道
熟谙世人的秘密读懂走动的时光

在真实与虚幻中洋溢着青春
每一朵都有着灵魂和思想
用文字穿起岁月的冷暖
把最后的部分镌刻在时间上

湖 水

碧水粼粼，衬射着阳光
清澈的湖面照出了爱与光芒
湖水隐于天地轮回的经书里
每天都供太阳与月亮朗读欣赏

心怀感恩，浸染滋润着大地
草原的眼睛让你的心清亮
蓝天下，一只鹰在抖落着辽阔色彩
你沉默不停地追赶着奔走的时光

宁静的水面修补着
我在草原内心的孤独与空旷
与湖水相视有一种无言的默契
心中浩瀚的天空刻有多少沧桑

花蕊上只有蜂蝶在劳作
轻风轻描淡写着一丝悲凉
远处的马儿在奔跑
作为信使一直驰骋在路上

你用智慧与爱孕育自然之诗
让我虔诚的心向你投来钦佩与敬仰
用一片柔情滋润着草原
让憧憬的毡房插上飞翔的翅膀

雪

秋天的故事渐行渐远
带着暖色的记忆奔向远方
铅华洗尽真实走来虚空
一场新雪忽然匆匆来拜访

万物在雪的关照下都是一色
白色的羽翅驮着诗韵的衣裳
用一种姿态走在熟悉的老路上
让高歌与舞蹈收起了想象的翅膀

风让雪在大地上起舞
洁白的思想在放纵飞扬
以六瓣的身姿解释清新
高贵的气质让春不再等待忧伤

走在一阕阕的韵律上
每一朵小花都构成一篇精美文章
冬让雪拓展了自己的深度和广度
万物在柔软中孕育着来年的梦想

一种精神洗亮了静美
在悠闲与缓慢中营造着意象
季节以另一种方式接纳寒冷
生命在轮回的淬砺中重生成长

它既是历史的见证者
又是一种新生活的新希望
把最后一朵梅花交给东风
让豪放派的浪漫带来春天的歌唱

闲　云

湖面上一片白色如虚幻梦境
闲云与白鹤一色地打坐修行
天空一片蓝色的温馨
让草原充满了亲切和空灵

闲云一天总有几种形式出现
像牧羊姑娘一样优雅，恬静
蓝天的文字能从云朵里读出
洁白而低调的姿态有着丰富的内容

一团团一片片流动的天使
让风总是有意无意地带来歌声
摇摆的花朵与低头的草
都在虔诚地默读着一部《诗经》

素洁的锦云变化的瞬间都是虚幻
唯独记忆像伤疤一样沉重
白色的羽毛驮着梦的衣裳
像一首无韵的诗充满了憧憬

不论是高歌还是起舞
总是把心事藏匿于心中
升起的炊烟与流动的飞鸟
用神秘装饰着湛蓝的天空

漂泊的神采点缀着草原
风在起伏的跌宕里朗读着《心经》
不论是真实还是虚空
游弋永远是心中不变的主题与梦

再游莲池（一）

莲池在时光中参禅修行
弯弯的拱桥隐藏着历史的传奇与秘密
这柔肠百结的一湖碧波
用曼妙与缱绻迎送着风霜雪雨

千年不老的古松枝笔一挥
莲池在墨客的虚实中变得浓淡相宜
穿过时间的谜团走过缥缈的历史
牵着八千里云烟携着九千里风雨

不紧不慢，款款走来
一身写满春秋与唐宋的诗句
以古老的眷恋进入生命的起伏
你总是用疼痛守望着一段历史的传奇

湖面的涟漪笼罩我双眼
玉立的亭楼在时空中总是沉默不语
岁月从不曾为谁停留
匆匆的脚步记下多少世间悲悲喜喜

悠长而婉转的声音源于枝叶间
走过千年岁月依然是古风依存
莲池温婉女子偶借一蓑烟雨
手执缭绕回环的梦总是为人带来惊喜

再游莲池（二）

走出图书馆心生敬仰
古籍的史册与文字如一对翅膀
飞出书架飞出书页
驮着我在当年的风烟里飞翔

一滴滴墨水沿着时间驶去
带着当年青春的抱负穿过烽火走廊
湖水的清凉擦亮记忆
一腔腔蓬勃的正气散发着光芒

远去的历史不再是距离
智慧依然浇灌着不见枪炮的战场
云朵在朗读着师生的宣言
没有形式的风在陈述着当时的真相

四月的莲池如一幅水墨丹青
一群青年意气昂扬
历史选择了莲池与书院
每一个故事都写得令人荡气回肠

幸运不会轻易降临
那些传奇的故事披一路风霜
墨色浓淡相宜的莲池
从容地注解着虚实相间的时光

千年古树伸出无数只手
以历史的名义把记忆收藏
以老者的身份与时间同行
踏着朝代的进行曲让余音绕梁

雨中的莲池

莲池在雨中与神灵交流
讨论自古以来的信仰和图腾
湖中的亭楼描绘着一段历史
烟雨里承载着千年的烽火与文明

此时，我伫立于楼上
温一壶酒临风为它们助兴
湖面映出一群笑脸
让我看到先贤赋诗作画的场景

雨中的莲池是一部千年史诗
时间总是装订进一些新的内容
一册厚重典雅的线装书
层层叠叠排列的小楷细致工整

读烟雨中的长廊楼阁
牵出一曲溪水弹奏的琴声
悉心构思一段丰腴的时光
历史的节点在阵痛后更显厚重

时间穿过枝叶的缝隙
一切都沉于激越或缓慢的节奏中
历史不断重演那些骨感的片段
总是有意无意地与记忆重逢

走进这座庭院习惯于想象
这里太多的时间喂养着普通与平静
救赎虚幻的时光与岁月的骨血
那些已远去的灵魂依然有着灵性

莲池的湖

读到你的名字
就想到蓝色无边的闪亮
湖水的碧波粼粼
成了一种情怀和信仰

童年得到过水的哺育
也得到过沐浴与滋养
用水洗面，用水洗心
宁静的水面修补着我内心的迷茫

站在湖旁“响琴”在跳荡
温暖的曲调让思考调整方向
桃花的倒映让水羞红
氤氲的湖面有种淡淡的幽香

湖水盛着古城的文化
湖水也盛着历史的沧桑
横读，读出你厚重的文化
竖读，读出你内心的滚烫

荷在不管风来风去的走向
用高贵的仪态表达一种向往
红的粉的打开一个个羞涩的蓓蕾
把天地馈赠的颜料还给大地与阳光

一只鸟忽然打破宁静
用翅膀掀起一片荷香
当我与我的诗歌出现落差
我用《诗经》来调整对荷花的敬仰

鸟

一只鸟用翅膀掀动着风
借着春光臆造诗意的光影
河水在虚幻的霓裳里保持着圣洁的风华
多情与忠贞的鸟是大地的一粒精灵

总是穿行于树林枝叶间
用爱意传递着浪漫的梦境
一首首诗词润泽大地
与时光一起阅读传来的蛙声水声

不清楚它们是否迁徙
根深蒂固的形态如一个幽灵
啁啾的叫声耳边萦绕
丰满的羽毛不断地拍打着天空

带着渴望在绿色中旅行
把体悟与思念藏于心中
用一生在时间上奔波
一切的景物都没有熟悉与陌生

面对身边转瞬即逝的景色
用情的缠绵融入沿途的一切风景
辽阔的天空没有停止过奔行
并用翅膀丈量着大地与天空

一些枝叶不懂风月
你用啼声解读时光轮回的过程
怀揣菩萨之心的精灵
在时间路上总为大地增添美的憧憬

蝴 蝶

蝴蝶在花与花之间
划写着自己游历的日记
柔和的风传递着芬芳
漂亮的翅膀拍打着神秘的空气

每一朵花都是一个美丽世界
深入花蕊收起双翅吮吸着甜蜜
草丛的夏虫朗读着诗句
与蝴蝶演绎着热烈的旧戏

为构建一种意境
把一生的爱铺满在一段岁月里
花与叶纠缠在夏日
许多的片段都重叠在一起

不必追溯你的来历
翅膀的纹理揭示了内心的秘密
用信仰与执念证明着永恒
总是将美与静隐藏在青春里

花朵从远方一路而来
衍生的梦想与你不期而遇
总是默默地忙碌于花蕊中
独特的滋润为春光增添了美丽

时间在书写着沧桑与轮回
红红绿绿地总是相映在一起
历史选择了你与花的缘分
而你用勤奋创造生活
让生命更有意义

蒹 葭

一株株的一片蒹葭
在水边摇曳着内心的幻想
像一根根记忆的琴弦
在晚秋里弹奏一生的向往

真实与朴素的气息
穿过水的清澈融入一片阳光
一株挨着一株交谈着心事

让《诗经》中的韵脚踩出回响

水鸟的啼鸣是一种语言
白色的羽翅驮着一个个梦想
眼前的景色是一首无韵的诗
风的清凉纯净着一片空旷

闪动的波纹如柔软的词句
为你漂泊的白羽带来一段吉祥
风带不走昨天的鸟语花香
内心的秘密掩盖不住曾经的沧桑

深知河水的风
轻轻流动葳蕤的百草溢着清香
茫茫的白色陈述着内容
不停的脚步仍怀揣初衷的渴望

沿着时间之轴走去
带着春秋唐宋的诗词文章
悠闲的云烟自在从容
行走的灵魂依旧放射着光芒

落 叶

大地又一次接纳了它
它以独有的方式安慰秋的心灵
流动的旋律产生无限遐想
风用纯粹的语言翻读每页内容

一片凄凉覆盖了视野
曾经的灿烂让虫豸不再作声
每一片都是一个发黄的册页
风让灿烂的光芒幻化成一段幻梦

泥土从岁月深处醒来
用古老不变的姿态把它欢迎
叶子为思念点燃了音符
绝代芳华依旧保持着温度与深情

一片叶子飘然而落
与空气摩擦出一种禅声
轻轻地划出一条弧线
注释着自然规律的一种永恒

太阳与时间悄悄拂过
优雅的姿势抒发着一种心境
每个生命都在变化里成长
历史总是用审视的目光观察着人生

为思念点燃一个音节
带着余温回忆着曾经的繁荣
你的内心已抵达远方和诗
让时间去证明辉煌的一生

古街断想

——游西大街（一）

当老旧的风吹在身上
我恍惚竟不知身在何方
走在街上望着两旁的门脸店铺
透过窗棂能看到一段停留的时光

浓浓的老味仿佛穿过古今
呈现当年一派的繁华景象

一拨拨远来的游客披一路风尘
用一种追寻与好奇来探索远去的星光

顺着雕栏镂花的虚实纹理
细细找寻失散多年的人文思想
老街，承载着过去的足迹
也承载着将来延伸的时光

不是所有的故事令人都有幸知道
那些无法叙述的事实早已被星空收藏
我打开诗行一个个文字如墙砖
它们双脚落地，站在我的稿纸上

无论是精神时代还是物质时代
人们都需要文化智慧的照亮
时间浸泡的往事曼妙而传奇
那些猎猎如风的轶事令人荡气回肠

千古思情，今天我只能用一种
历史的回音，乘上想象的翅膀
回到元朝古都的旧址内部
打开那神秘的经卷探求原本的真相

古街断想

——游西大街（二）

繁华是一种情怀，宁静是一种信仰
顺着古旧的曲子走进回忆的梦乡
店铺、房舍、甬道、轩廊……
沿着铺就的阳光落满所有的吉祥

长街，像一位沉思的老者
透着一种莫名的仙风道骨模样
它让门楣窗棂打开未知的消息
从幽暗的房间里吐出发锈的星光

当年的车水马龙正用古老的语言
敞开一座城市朴素的追求与向往
我站在道上持有怀旧和执着的心愿
把历史拧成现代的新韵让情怀释放

远去的烽烟已被现代替代
不朽的轶事与传奇总是令人难忘

它用古雅与繁荣给百姓造句
让充满悬念的留白引起不尽的遐想

旧年的人情世故已不在
只有风轮回而来吹着曾经的声音与走向
走过千年岁月的古城老街
初心不改依然古风犹在

风中的古街一个歇脚的驿站
打开记忆取出流传的世俗时光
是百姓赓续着这里的日常烟火
是百姓坚守和耕耘着这长街的兴旺

古街断想

——游西大街（三）

这条远古的长街
早已走进历史的苍茫
而苍茫的历史在一个日子中
不经意的一个转身又翻开新的一章

抬头一望是贯通古今的相会
街上，人们摩肩接踵熙熙攘攘
用古味替代空气
用老酒覆盖芳香
以不败的姿态讲述着一路的沧桑

它在诗意的修辞里
用工匠的智慧来展现人文思想
每一个典雅的图案与造型
都在岁月的烟雨中划过振奋与悲凉

悬挂的灯笼仿佛丰润的红唇
风中宛如少女的秋波轻瞟荡漾
真想把它锁进我的灵魂深处
用记忆悄悄地把它小心珍藏

漫步中抚摸着它结痂的伤痕
带着温度的血腥似乎早已被淡忘
欲飞的旧事如飘浮的蝶
它的羽翼总是在拍打着古老的时光

精雕细琢的时间锤炼了一条古街
沧海桑田的百姓在岁月中坚守朴实的向往
一阵凉风吹过，打乱我的心绪
我好像又看到一个盛朝的景象

古街断想

——游西大街（四）

走在这古老的街上
年长的古槐满面皱纹一身沧桑
历史总是以沙哑和
沉重的声音解释着时光

古街古道穿过岁月的缝隙
用古典与优雅打捞着当年的峥嵘与苍茫
往事用传奇的内容凝成一个修辞
重建一个时代的兴旺

走在街上，巧遇一场细雨
古朴的元素让一首词曲的音调悠长
一个个侍卫护过元代的门楣角檐
沉重的光影反映着历史深度的真相

古老的门窗用千年厚重的声音在体内发言
让倒叙的时间不再迷茫

一栋栋门脸让朝代延伸的目光
俯视着行人带来的一种质感的想象

在朝代与朝代的更替中
一些故事依旧堆积在廊檐的角上
岁月漂泊中一些骨感的内容
让每一个片段都填补一些幻想

太多的时间滋润着平凡
风声雨声让雪打扫着满街的荒凉
我知道，时光没有隧道，只是惯于向往
惯于在美好的往事中徉徜

井冈山

风在红色的岩石上飘动
井冈山的杜鹃一片艳红
我用目光凝视这巍峨的群峰
仿佛翠竹在述说曾经的枪声炮声

农村包围城市，枪杆子里出政权

伟人用文字把一片杜鹃点红
历史的血肉依然可以触摸
镌刻的誓言把井冈山染红

一面红旗在迎风飘扬
闪闪红星照亮了华夏的夜空
轻轻来到井冈山上
无言的山峰内心依然热血沸腾

杜鹃花在兴奋地开放
赤红的心系着苍生与革命
连绵的群山与丰盈的树木
让伟人的脚步迈得更加坚定

时间见证了风云沧桑
红色记忆拂过每张面孔
一行行坚定顽强的脚步
绘制出一幅波澜壮阔的盛景

遵 义

满怀虔诚走进一座红色的城
时光依旧存活着当年的情景
这是一次改变命运的抉择
一个民族的起点就此形成

沿着时光隧道走去
细听激烈的争吵让小楼摇动
中国民族的生死存亡
红色小楼做出了艰难伟大的决定

我凝视着一座雄伟的城
记忆让红色的理想再次升腾
坚定的信仰是一种风骨
一个新的舵手从这里诞生

小楼上木质的风在吹着
思想与思想的较量在激烈进行
历史把这一刻镌入时光骨髓
让记忆永远留在前进的脚步中

历史与时间选择了智者
凤凰涅槃，一切得到重生
一个金色的希望从遵义升起
红色的旗帜将开起新的航程

花韵（一）

偶然一场未约的相遇
风带来一片紫色的艳丽
这些生长在大地的热烈鲜花
朦胧而浪漫，遗世而独立

一片唯美的花海
如天边的锦云，深邃、神秘
它们灿烂而磅礴
纯色，恬淡中写着一种难言的魅力

我用45度角仰望天空
云朵与花海总是纠结在时间里
“回眸一笑百媚生”
我想借一句唐诗

来形容虞美人的艳丽

从生命线的起伏中
我找回了一种久违的耀眼，壮丽
汪洋恣肆展现着自由与奔放
千年的摇曳书写着岁月的一段秘密

我不想用更多的形容词
让时光打开它们内心带来的消息
我想在秋末借一粒种子
让风带给明天的春季

如果不想错过这场花事
就把奔跑的思想暂停在此地
轻风妖娆，锦绣万里
诗歌的韵脚跟着四月满天飘逸

花韵（二）

以一种姿态与尘世交谈
绚丽而夺目惊艳着时间

安然中展示着一种气质
坚强的生命浸透着日子的冷暖

色彩的羽翅驮着梦的衣裳
像一首无韵的诗诠释着思念
眼前的花海波浪让我无语
季节的心事让紫色染成一片

从歌吟中迎送着轮回时光
风在翻阅着日月星辰的昨天与今天
让思想埋入深深的腹地
用一段成长来求证每个生命的灿烂

千年以来，丰富的自然资源
让它们风情万种，魅力无限
人们去而复归，流连忘返
让唐宋的故事组成精美的诗篇

读它们风中绽放的风采
读它们婉约秀美中的厚重内涵
在时间深度里感受着一种深刻
永恒中用爱去热烈地拥抱明天

花韵（三）

被唐诗宋词浸润的一片风韵
玲珑，典雅一卷色泽缤纷的遐想
内心的古典与外表的现代
总是创造出意想不到的惊喜与梦想

悠闲的云从容地展现着静美
虚构的女子呈现出一种特有的夸张
不朽的色彩浸透着大地的血液
飞扬神采寄托着心中最美的向往

在阳光下，诵读一首摇曳的诗
奔跑的姿态无限接近诗和远方
一片灿烂，打开眸子的惊艳
一场缤纷的芬芳把我的记忆擦亮

时间不语，历史冷却，只有风
眼前掠过，让内心沉淀出一片安详
每一瓣都藏有一种谦卑
每一株都有一个奔驰的梦想

它们激情满怀，锦绣万千
叶子用文字构成记忆的一个篇章
阳光照在大地
考验着每株生命
从不吝啬的花朵奉献着最昂贵的馨香

听鸟鸣（一）

它是真正的歌唱家
不论在树林还是山冈从不怯场
心随着它的旋律起伏
有一种说不出的惬意与舒畅

它是大自然的另类精灵
用歌声滋润着不老的时光
打开少年的一段记忆
追索几千年前的旋律飞翔

翅膀承载着多少唐诗宋词
节奏在岁月的脚步中溢彩流光
盘古开天地，自古以来

它就与天地和声演奏着一曲乐章

它用双翼充实着空间的虚无
它用激情浸染着岁月沧桑
天地为经，时光为纬
用风韵的婉约为生灵万物疗伤

鸣啼从一片片竹简中传出
用文字把《诗经》一遍遍诵唱
生命本就是一场宇宙奇迹
以遗传的信息完成对生命的敬仰

大自然的四季轮回
千古耐读的往事
一组组遥远清脆的词语
包容着多少岁月的酸甜苦辣和沧桑

听鸟鸣（二）

把内心的情感向天空表达
清脆的旋律充实着辽阔与宁静

枝叶间藏匿着一种秘密
在蓝天扇翅着洒脱与灵动

从虚无中充斥着真实
飞扬的神采打乱内心的平静
双翼扇起我当年的细节
青春的故事唤醒少年的纯情

用翅膀解构着每片云彩
用声音深度传递树林的心声
用风翻阅着日月星辰
用雨露冲散晨钟暮鼓的清静

鸣啼闪烁着文字的节奏
让每片叶子成为记忆的倒影
象征与隐喻夹在时间里
清朗的语调在缝隙中穿行

烟雨用细密的针脚缝补岁月
风霜让流年固守着信念与使命
在树枝上坦然自若
在虚无与现实中充满幻梦

它用喉咙喂养着爱情
它用爱情喂养着憧憬
优美的歌声定有苦痛的底色支撑
可依然用声音把世间赞美与歌颂

听鸟鸣（三）

你的歌喉涌动着悠远的琴声
你的翅膀随风缱绻着万种风情
用音符敲打着木鱼
用嘹亮为内心打坐、修行

就地而坐，面对一片歌声
什么也不去想，什么也不去听
因为一切都无法摆脱
我有我的劫缘，你有你的宿命

我听不懂你诵读的经文
但我能领会到你此时的心境
看着你一贯的追求与执念
我明白了天空的辽阔与大地的包容

阳光与树林是你的护神
风雨与蓝天是成长的梦
你一次次倾吐着内心情感
让风翻译着你一生的憧憬

听着一首首快乐动人的旋律
观赏着一个个大自然的美丽精灵
我将自己隐匿于大地一隅
审视着四季带来的一片风景

轻风里，鸣啼着青春的芳华
阳光下，流露着动人的真情
真心地把心交给大地与蓝天
用一生书写着一路的风雨历程

听鸟鸣（四）

清晨寂静消失在微风中
枝叶间鸟鸣一声声动听
炽热的太阳点燃一片清新
音符为我们打开了一个序言的天空

宁静带着清凉的语言流动
鸣啼的句子惊扰着每一个梦
茂盛的树木以浓郁的色彩展示
蓬勃之美散发着一种惬意的心境

清甜的句子表达着早上的乐章
叶上的露珠在光芒里闪烁晶莹
把溢满青春的立体植物
以清润的句式摄入记忆之中

我有清晨阅读朝阳的兴趣
四季的景色在时光中展现着各自的不同
但，鸟是一个不畏的跋涉者
用翅膀与歌声交换着时间的运行

我是个唯物主义者
关注的是存在
树叶的纹理勾勒着岁月轮回的永恒
谁能读懂一只鸟的飞行足迹
起伏的节奏随风展现出一种灵性

一声轻一声重轻轻转轴拨弦
让空中的翅膀弹出一曲悠扬琴声
大地天空，是一幅陈旧的油画
景色让我内心的诗意悄然苏醒

听鸟鸣（五）

在浓绿的叶间惊扰着夏天
思想的纹路在拔节上诵读悦耳语言
青春的岁月泛滥着激情
美妙的声音渲染着过往的流年

小鸟清晰地叫着
播放的旋律让人回味
歌声让思想与灵魂更具深度
翅膀与鸣啼纠缠着大地与蓝天

天空留不下飞过的踪迹
倒影有时在水上时隐时现
总是在枝叶间舞动着岁月
柔美的线条展现着羽翼的丰满

带着艳丽的色彩穿行于五月间
此时，化入我审美的愉快之中
每个音符都是从历史深层走来
总是坚守着美好声音千年不变

一缕缕清风从绿荫流出
脱俗的心境变得一尘不染
一遍遍优美的音符此起彼伏
瞬间把我带入大自然的梦幻

哲学家早已悟透树与鸟的关系
鸟是树的灵魂，树是鸟的家园
哲学家的思想隐藏一个道理
只有相互依存才有生命的彰显

西藏走笔（一）

——布达拉宫

步入巅峰
敬慕之心如朝阳悄然而升
以五体投地的姿势向信仰膜拜
在风尘里丈量着通往来世的路程

白云之下，天地的神来之笔
依山而建，雄伟、神秘与庄重

苍鹰在这里是绝对的贵族
特立独行用翅膀打开一片天空

我是一个虔诚的朝拜者
轻转经轮聆听大殿的诵经声
内心的渺小立刻变得辽阔
敬畏让时间修复着一个个疼痛

风起云涌的高原，是谁的
白云手绢在天上人间舞动
阿妈的转经筒，博大恢宏
似人生的经纬线绕着地球转动

西藏走笔（二）

——卓羊雍措湖

迎风而立，面对一湖的湛蓝
我无语可言，恍惚间仿佛进入天堂
蓝冲击着眼球，诗与远方因缘而聚
圣湖的禅意让我虔诚的心充满遐想

布达拉宫在时间高度端坐
千年的圣湖依旧保持原初的模样
没有了世俗的顾虑与干扰
此时，我的心连同宇宙蓝得透亮

辽阔、逶迤，先知而后觉
空旷的尘世被蓝色洗成一片吉祥
风从身边吹来，我似乎披上了袈裟
它的神秘与寂静让我的想象插上了翅膀

时间的风不断地吹动着岁月的辽阔
我情感寄出的一道道波纹莹莹闪亮
远眺的目光冻结在浩渺的波纹里
一支悠悠的湛蓝曲调让心绪激昂

在湖畔，我只能用一句诗词
形容落日与孤烟纠缠的千年沧桑
经幡，经声，虔诚的信仰
随着一只鹰的飞翔抵达下一个山冈

任何词语都无法体现它身姿的柔美
几千年的水韵依然在生命的表盘上
当灵魂接受了圣水的洗礼
生命的敬畏就插上了信心的翅膀

西藏走笔（三）

——夜宿

时间在生命的高处暂停
理由是一天的疲惫应有个缓冲
屋脊的旅馆遗世而独立
高原的夜色供养着辽阔的星空

八方的来客，在此相遇
我倚窗而看街上往来浮动的幻影
一些陌生的物象反复交错
感到有一种长短句的分离变动

庄严，神秘的布达拉宫
承载着一个夜晚的清凉与宁静
今夜，在高原的旅店入住
仿佛一场奇遇的幻觉在触动

彗星用暗语对接着呼吸
夜色飘来阵阵的诵经声

街上的灯火照着往来的行人
一种气息整理着眼睛看不到的心灵

远古的风在追赶着时间
七十二行的商铺在陆续地打烊中
禅语里，饿了吃饭困了睡觉
缺乏睡眠的眼睛总是把我提醒

我从未像现在这样迷恋夜晚
禅意的流动分泌着力量与激情
晚风吹来，我一个寒战
意外加重了夜的深度与虚空

西藏走笔（四）

——然乌湖

阳光眷顾着一片平静，安详
我穿越朦胧浮出一个个遐想
它的辽阔与深邃化解着前世的恩怨
历史用一段段文字润泽着时光

明澈、清朗、平和、安然
一片迷人的禅意把一方百姓喂养
时间在风中涤濯着红尘俗念
雪山翻阅着佛文以求心灵安康

我端详着上苍赐给大地的瑰宝
清澈的虔诚随着灵感让思绪飞翔
云雾缭绕，飘来七彩的梦幻
内心的纠结溢出一片难得的佛光

你用孤傲装点着白云
你以冷艳把自己打扮得珠光宝气
你用灵性唤醒沉睡的神灵
更以纯净意念清洁着尘世的迷茫

岁月在此沉默让寂寥蔓延
天空充满了阳光，吟诵着生命的顽强
永恒的然乌湖博大，深远
水中的波纹让我的倒影构成一个意象

一片云朵落入湖的梦中
溅起的清波让灵魂通透、明亮
意境带给内心的清净与安然
雪峰的高度让思考变得更加深沉宽广

西藏走笔（五）

——八廓街

沿着青石板走在八廓街上
商品琳琅，满目人流熙熙攘攘
不是每个游客都有幸知道
一些故事早已被星空收藏

想象中的你，让我走了许久
为此我把内心的杂念一扫而光
八廓街，以莲花之心
静坐于云端的净土之上

彩色的经幡是祖先的意念
朝圣的心灵带着虔诚的信仰
艳丽不一的服饰在历史深处交错
沉默的雪山藏匿着神秘与迷茫

古老的街上通往灵魂的经络
寺院的钟声用经文为百姓疗伤

八廓街，从高原骨子走出的血液

在这里我一次次追赶日出
朗经声带着磁性起伏悠扬
内心感受到世界如此宏大
酥油茶飘着高原特有的清香

八廓街，经风经雨
送走多少匆忙的岁月时光
八廓街，在时间的光点上
翩翩成形神皆备的美文故乡

西藏走笔（六）

——林芝桃花

风与阳光一路跟随身旁
远处雪山与湖水铺设苍茫
走近几千年的林芝拜谒桃花
红尘之外把脚步放慢守着内心的渴望
时间的枝头举起一枚枚桃花

一片粉色的火焰流动着暗香
一枚花朵宛如一位纤纤仙子
宁静的时间里带着轻盈与清霜

流动的季节里没有谎言
柔美的绽放将少年的往事照亮
偶尔抬头看看天空的白云
有如伸手可及的花朵在飘荡

山与水，人与事，牛与羊
万事万物都因缘而归结于命运走向
沉默的桃花固守着传遗的谦卑
尽饮着寂寞孤独，坚守着岁月时光

如果历史最终是薄暮
桃花就是钤印在天空的一枚印章
又像是倚在高原上的藏文
被岁月抱残守缺着一次庄严与悲壮

桃林安然，坚毅地挺立着
静若如谜带给人们无限遐想
胭脂秘制的花蕊安抚我心灵
泰然从容的气息让我膜拜敬仰

西藏走笔（七）

——南迦巴瓦峰

经受风霜的削刮剥尽锈蚀的岁月
雪峰的褶皱里闪现着诗意的旧梦
南迦巴瓦峰是一部深奥的经文
隐藏了多少难以企及的象征

雪莲开在云鬓，露珠挂着笑容
温情的记忆一步步引领我们前行
净白的雪山，总是沉默不语
在千年的孤独中坚守着一份真诚

雪峰用冷静的眼神凝视着我
深沉的目光有着岁月鲜为人知的内容
此时，我仿佛也化为一座山峰
深邃的时间里感悟着苦难的历程

太阳与历史悄然穿过
落在山顶点燃灵魂渴望的憧憬

身姿的优雅抚摸着我的心灵
明亮的色彩充盈着一片幻影

雪在不停地擦拭着时间的脚步
风用低沉的声音拨乱充满悬念的寂静
禅心如雪，静止成信仰
灵魂用清亮的语言洗涤着旧梦

西藏走笔（八）

——古格王朝遗址

沉默中我思考一个问题
八百多年的强盛一夜间消亡
留下的一种残缺之美
以阳刚精神把生命的韵律张扬

在幽深的梦境里
一首无声的歌在内心低唱
残缺破败的禅意气息
传递着曾经的鼎盛与辉煌

踏入斑驳的时间隧道
遗址站立成西部的一道疤伤
许多久远，骨感的轶事
让无法解释的部分充满迷茫

千年的使命从未放弃
一段烽烟成就了一个朝代的梦想
感受你一路走来的雄姿风采
风雪中你涅槃成永恒的期望

热闹的集市与车队埋在雪下
立起的背影演绎着流去的时光
厚重而丰实的沉重历史
用一种语言叙述着内心未知景象

一个王朝端坐在寂静中
千年的足迹试图把一些晦暗擦亮
残垣断壁与蓝天纠缠着时间
一种无法说清的韵味涂抹着时光

天色与雪干净得一尘不染
时间让雪保佑着远去的形象
沿着清晰的纹路走去，我庆幸
我站在了一个辉煌过的脊梁上

草原上的河

一条河躺在草原的腹地上
伴着牛羊与风与时光共舞
毡房反复咀嚼着流动的日子
用一阵风作底色渲染一片清香

它以岁月的丰腴与瘦削
为自己内心的单调装饰背景
像一位老者用沉稳的姿态
慢慢地陈述着历尽的沧桑

格桑花，在风中而立
不知不觉地摇曳成一剪秋光
它神秘、梦幻、深邃
艳丽的花瓣静躺在水面上

一条弯弯曲曲的晶莹玉带
脉络里闪烁着迷人的光芒
一路带着流传已久的传奇
把草原内心的孤单丰富滋养

花草与河流是生动的词语
绚丽的草原不用任何包装
读用时间装订成的一部经卷
传说的轶事让动人的内容四溢芬芳

宁静的河带来一片平和
草原的牧歌带来一种遐想
浪漫的故事呼唤着远方
蹄声在奶茶的馨香里回响

用一滴水追溯三千年历史
岁月的脚步总是充满未知的苍茫
河水不紧不慢地彳亍
在沉稳中总是那么平静，安详

顽强的胡杨

大漠戈壁的一棵棵胡杨
时间里青了又黄黄了又青
俨然一个个卫士在变幻中
终身护送着落日、孤烟与驼铃

往日的故事在风的轮回里
悄悄站起，那么鲜活生动
经历了坎坷的一棵枝干
用沧桑的身体疗治着伤痛

阳光默默地指引你的方向
却又无情地拷问着你的生命
也许天将降大任于斯树也
必竭其体肤砺其筋骨而后于生

那些蓬勃旺盛的枝叶
让人感到了岁月深浅的不同
一棵与一棵在无语的沉默里
静静交流着生命的接力过程

如果用回忆通知一棵已故的树
我要说一切都在生长的回归中
每个生命都用一种特有的姿势
展示着沙漠中最原始的图腾

在大漠的褶皱里藏有多少
传奇的故事滋养着一个个生命
胡杨与大漠是一部深奥的书
不能阅读，只能领悟只能憧憬

风中的叶子成为记忆的倒影
闪烁在文字的明快节奏中

让思想埋于沙漠的腹地
让一段段成长来求证顽强与阵痛

沙漠中的胡杨

千年的古树，沧桑的面容
斑驳的身躯镌刻着坎坷历程
以英雄的姿态耸立于广袤沙漠
用一种霸气来衔接大地与天空

面对一株株沉默的思想
我用一种想象拉起一段历史的嘶鸣
每个枝条都紧扣着时光脚步
让一粒沙来佐证几千年的路程

不论是倒下的、横卧的、耸立的
都是用毅力与韧性铸就而成
沙漠中低调不语的胡杨
让风带着记忆丰富自己的内容

不用穿越千年以来的时光

不需在尘封的时间里逆向而行
这些饱经风霜岁月的片段
只要细听就能抵达它不凡的心境

沧桑的古树承载着时光
苦难与辉煌都是过往的星空
它们遗世而独立大气磅礴
冷峻的气质伴随着苍凉历程

沿着戈壁沙丘的脉络走去
打开时间维度静听驼铃声声
脚步踏入回归千年的路上
生命的酒杯里打捞着沧桑与峥嵘

荒凉带来太大的想象空间
所以，历史之谜也由此而形成
如能重新卷起海市蜃楼
立刻再现热闹与繁荣

不屈的胡杨

无垠的沙海一片苍茫
深邃与辽阔浸润着时光
大漠渲染着叶子的温度
生命在规律中变幻着形象

当太阳与时间悄悄划过
落在叶上为思念点燃一片渴望
你用最纯色的心境
把生活的细节写成诗词文章

风沙锤炼着你的性格
孤独铸就你不屈的形象
千年的沧桑把你多年的伤痛
出落成任意款款的独特模样

我读着你深浅不一的脚步
每个片段都为我填补一些想象
在历史的重演里，每个故事
都有着骨感的内容与质感的篇章

每个枝条都是一个音符
曾经的歌声让人兴奋激扬
沙上的倒影反映着历史深度
沉静的时间带来无尽的迷茫

胡杨传承着千年的习惯
性格在荒凉中显得更加坚强
在起伏的沙丘上倾斜静听
驼铃的脚步陈述着历尽的沧桑

面对这些英雄般的耸立卫士
我的内心充满了无限敬仰
不论是风沙与酷热总是从容淡定
轮回的时间成全了你一个个梦想

牵牛花（一）

用激情渲染着岁月
用情趣抒发着时光
花开花落，时节更替
每次花开都是一次季节的张扬

时间在虚实中行走
每片叶子都懂秋日的走向
每个花朵都用兴奋
尽情释放自己的真诚与渴望

云卷云舒，天空辽阔
风中的花朵摇曳成一剪秋的形象
它们袅袅婷婷，神秘梦幻
明媚的阳光下呈现一种意象

红唇般的花蕊纠结着心事
散发的清香偷袭着我的遐想
不想动用太多的形容词
诗意的韵脚随着八月在轻唱

需要写下秋高气爽写下梦境
在虚幻与真实中让美再次释放
让心灵此时浸泡在这里
浪漫的故事让精神通向远方

一朵小花向我昭示着什么
从不刻意的神态使人充满向往
如一位清秀淡定脱俗的女子
在朴素的岁月依旧保持原初模样

牵牛花（二）

以古朴典雅历经着苦难
展开追忆的卷牍放大内心的信仰
时间带走多少风雨的故事
却带不走你胸怀豪情的向往

牵牛花温婉隽秀满怀情致
风华镌刻的气息里一片绚丽景象
一朵朵红色蓝色一种大美的秩序
让格局的意境一直铺展向远方

时间的脚步带它走出秀丽
让它打开一个世界溢满吉祥
以饱满的青春来彪炳史册
以丰满的内涵彰显生命的闪光

坚守一份内心纯洁的领地
让珍贵的身体在神秘中徜徉
在清冽的光阴中内敛着心境
灵魂在现实的语境下摇曳绽放

在曲折中坚强地攀爬
露珠在花蕊上静候着晨光
青藤装满纠缠已久的心事
总想来一场大美淋漓的盛放

时光的缝隙留不住一个节气
白露中展现自己燃烧的模样
历史的谜团在轮回中形成
大自然留给人们太多的想象

牵牛花（三）

清秀灵丽，灼灼其华
揣着思念唱出一曲迷人的芬芳
从泥土悄悄溢出，忽然间
凝成神妙的词句让时空吟朗

湛蓝的天空不用修辞
一部史册刻下一笔大写的篇章
明媚的阳光触着大地
把牵牛花握成秋色的印象

轮回不过是时间的舍利子
不过是花开过，蝶来过
因此，我想借一抹秋阳
与你一起弹奏一曲难得的华光

藤蔓牵引着我找回童年
一种亲切的心情打湿眼眶
天生丽质，淡淡幽香
为宁静的早晨带来丝丝清凉

自由热烈开成时间的肤色
怀揣心愿把大地带向远方
用足音叩响走过的节点
让生命溢满快乐与欢唱

历史与现实需要芬芳
新旧与生死需要芬芳
秋色与它一样没有谎言
诚实沉甸的词语在风中轻扬

牵牛花（四）

把寂寞串成一串红蓝的项链
让茎蔓解读着昨天与今天
成熟的性格诠释着大地哲理
丰富的思想默默从心底呐喊

白云与清风自由地来往
让热烈与萧条证明着时间
灵气的花朵坚忍顽强
在悄然中完成了自己的心愿

八月的花草偶现蝴蝶身影
蝉鸣与蟋蟀带来往日的童年
生命的本色让记忆不退
尽管斗转星移，尽管沧海桑田

你飘逸的音韵俘虏着世界
摇曳的花叶隐藏着岁月内涵
圣洁的馨香滋润着人们心灵
每个季节有每个季节的亮点

有一种语言，让心愉悦
它用诗词之美沁入人的心田
花的陈诉，是一道风景
线条与色彩构成时间的画卷

牵牛花，固守着花开的梦
借着阳光走遍大地与家园
凝视着它就像回味记忆的弦
从歌谣开始一道柔光直抵心间

牵牛花（五）

每朵花有每朵花的秘密
太多的想象空间结成一个谜
八月的风丰盈着每个植物
浅层的温度有了更多的话题

渐渐消瘦的时光被思绪拉长
沉默的花朵洞悉时间的奥秘
凉风把清香带向远方
留下一段段色彩一股股暖意

经历了很多的阳光和雨水
枝蔓与岁月有了重复的话语
我用一块白云擦亮天空
让你的名字刻满更多的魅力

似火的花朵，不负青春
让有色彩的时间不再沉默不语
绸缎般的风吹乱了我的思绪
许多的声音都讲述着与你相遇

攀爬的枝蔓打开寂寞的时间
关不住的清香悄悄四处漫溢
以宁静之心走在岁月的路上
被浸染的事物流出阵阵香气

一场雨带来一阵清凉
你用开放呈现内心的秘密
梳理一路走来的风雨
经年的足迹留在多少山川大地

清河道署（一）

此时沉睡中的清河道署
被一个采风的团队喊醒
脚下的青砖，像是
已经摆脱了千年的疼痛

当历史被一只乌鸦声惊扰
便看到百年前抗洪的震撼情景
穿堂而过的清风用豪气
讲述着古城当年的壮烈人生

我久久凝视一件件工具
沉思被带到远去的紧急会议中
一个个临时的决定措施
走入汹涌澎湃的洪流行动中

洪水带着暴雨肆意横行
岌岌可危，威胁着百姓生命
阻止波浪狂风的猖獗
不惧的百姓紧握住猛兽的缰绳

走过的游客沉默不语
面对昨天的疼痛脚步变得沉重
不屈的人们用精神铸造辉煌
为时代加冕，为家乡争荣

白云飘移在道署的上空
从画面外走成一个难忘的倒影
一座古老的院庭
装有多少有关洪水的传奇内容

清河道署（二）

来到这里发现很静很静
阳光照在窗棂凝神不动
几只麻雀在屋檐蹦跳
几株老树依旧保持当年的姿容

谁说院落平静，热闹的场面
依然牵动着每个游客的神经
读着这些带水的文字
仿佛看到一场大雨过后的彩虹

工具现已成为一种符号
寂寞中显得那么老态龙钟
一步步追寻一个个思索
立于大院纵深感受当年的疼痛

院庭是一只古老的船
停靠在岸边的古城
装满了沧桑的足迹
刻下了洪浪的滂沱汹涌

寂寞的工具沉思不语
记忆的洪峰呈现在风中
隐约听到生命的交响曲
生与死，血与水的无情交融

时光缱绻抚摸着斑驳的门窗
碰撞着历史沧桑的古城
它凝聚着人们的温情与智慧
内涵的力量延续着古城历史的文明

清河道署（三）

沉静的院庭如陈旧的衣袍
流着书卷气息闪着斑驳时光
小树如古诗的韵脚站在一旁
日日观望着游客的来来往往

院庭是昨天与今天的唯一甬道
千年以来依旧保持原初的模样
它接迎过王将官员与喜怒哀乐
里面藏着泪水外面呈现出辉煌

清河道署以水为偏旁
结构故事，叙述沧桑
超越生命的制高点
是人们以求生存的序言篇章

庭院，一段沉重的历史
带着古城古韵袒露着千年华光
传奇的故事动人心魄
留下文字足够让人思索与回想

风掀开神秘的面纱
时间的脉络清晰印在水纹上
我凝视着一棵无语的树
静听洪水带来的阵痛与创伤

当时间赋予了某种力量
是否给我们以惊愕与激昂
战事已过、工具已歇、狼烟退去
记忆依然抚摸着缱绻的时光

女医生

手术刀，紧贴皮肤
那种感觉的流动
与冰块彻骨的寒冷
与自然不同

柔软的手，香馨如玉兰
轻轻梳理杂乱的心境
这种和谐的动作
飞翔着温暖的春天灵动

那种表情，姿态
像花朵与芳香，恋人与爱情
一刀刀，玉兰般的手
让健康拾回舞邀失约的激情

一针针地娴熟缝合
由此引起的忧伤与幸福不同
在纯洁的白大褂上
仿佛雪线以外春天遗忘的心境

那么动人，使人不敢产生
任何联想，犹如三月线装的风景
然而，又难想象，姑娘，手术刀
在生命中出现的那无法描述的心情

埙

你让土地
有了音乐的意义
让我想起
你在手中制作时的旋律

旋转中
水和月亮也渐渐远去

你的成形
不是用来装水盛米
是装漫长的黑夜
装劳作一天后的闲意
是装晚饭后
年轻人的忧伤或欣喜

你从远古而来
来自古墓与典籍
伴随着帝王的悠闲
与美人轻歌曼舞的旋律

对于你，我也是
土地制成的一件器皿
只是无人会吹响
不同埙的另一种埙的意义

蜘　蛛

在墙与墙的夹角间
蜘蛛把一条柔韧的丝线
耐心地编织着自己的思绪
然后，在潮湿的灰砖上
镶裱成艺术
在风中闪耀着魅力

夕阳怀着诡秘照来
把她整个灰色的身体
染成一颗红色的相思豆
晶莹挂着，等着情人来迎娶

西陵石马

坠落的星月
一起卸在了这里
什么都不在了
陪葬，歌舞也被带去

反刍出最初
悲哀的岁月之际
所有的伤痛
都被嚼出血泪滴滴

当尸骨再无法
把战刀与戈戟举起
背上忍受的苦难
失去了重量的意义
只有片片的青草
低唤遥远而清晰

我和你

上弦月与下弦月
忽然合近于这一瞬间
我联想的羽翼
开始于灵魂与肉体中起帆

芦雁在空中
自由地划出一道长长弧线
几只小船
在平静的水面绣出几个花瓣

风把船叠成羽片
这时，语言凝缩成沉默的视线
顺着阳光铺泻于水道
唇是心灵触角淹没了水上的呐喊

你的声音由远而近
心与心仿佛接通了交流的天线
在你我之间的时空
时刻都悠扬着音乐的和弦

你久久地注视着我
我放眼凝视着一片大自然
在听到你我内心深处的低语
爱的泉水滴滴浸润着命运的酸甜

车　辙

当沉重和喧闹掠过
孤独与寂寞笼罩着你
季风总是沿着骨骼叩响岁月
一层层的日子磨得贫瘠

被碾过的两道车辙
被扭曲的坚硬沉默不语
古老与苍凉，是一些
敲打着骨子临风而歌的晨曦

完整的旷野，不再高远
天空的凋零拍打着失意
大地上失踪的灵魂
追问最初的一抹东方朝气

风以殉道者的姿态诘问
坚硬的气质照着梦的期冀
生命的潜流与热血
再也寻不到来时的轨迹

无　题

听到的或看到的
不仅仅停留在脸上
该发生的依旧发生

他经历的感受
以靠近的某种方式
被日子一寸寸地燃烧着过程

远方的天空
严霜轻拍着额头
以及平平仄仄的心境

所有的爱情都被带走
所有的诗歌都被挽留

竟想象不出黄花的颜容

早已锈迹斑斑的钥匙
唯一能打开你的心灵
你的理由极为简单
用一杯清水滋养五谷与生命

让岁月遗忘那个冬日
让太阳永远灿烂在天空
你如一棵被砍伐的树
一圈圈年轮足够后人想象一生

出　行

脆弱的记忆流动着风声
迷茫中蒙眬了我的眼睛
风在不停地旋转着季节
响亮着迷离动心的合鸣

溢着汗水的日子，挥手间
让昨天的台历锈迹斑驳

挥挥手就是海角天涯
就是三天一沓信纸一个醉梦

岁月拉不长我们的距离
冷冷热热飘动着春秋的歌声
愈走愈远，那些缓缓流动
在江淹赋和佩弦之中的背影

时间深刻着生命内涵
时光诠释着道路曲折的行程
许多让我们无法忘掉的事情
一路携带丰富，充盈我们的梦

你我同挽岁月的新花旧叶
或繁或简的行装风雨兼程
把希望留给未来，把梦留给春天
将词语组成的信念写入我们的人生

司马迁

风舞于茂陵的九天
秦王的灯仍然亮在遥远
走上台阶鸟羽再度掠过
与灯一起穿越了历史的风烟

在人们的怜悯抑或
蔑视中，站立沉默不言
子民又一次虔诚地
向岩苍穹顶礼膜拜痛彻心寒

在青翠碧绿的梦里
几千年的内伤仍在呐喊
云卷云舒，长空雁鸣
始皇的眸子仍窥视着匈奴的长箭

端坐在秦陵的封土中
与殉主的嫔妃，工匠一起相观
阿房宫在楚人剑下呻吟
再次灰飞烟灭于九十个黑夜白天

而未央宫的门前
太史公于飞檐下仰天长叹
身后的竹简帛书上
一字字一行行汉隶逍遥其间

先生虽然远离我们
他留下的那支笔就是秤杆
让后人用太阳的秤砣
称出一段历史分量的风烟冷暖

仙鹤湖

你是大地的一块翡翠
有了天鹅的青睐才得以芳名
第一次见到你
就让我感到兴奋与激动

湖水微波与天相连
仿佛来到神话的天河之中
云梦里，听鱼跃观浪花
疑是走入如梦如幻的醉人之境

忽然水面泛起浓雾
生几分无法触摸与拥抱的心情
所有的烦恼都得以净化
明晰的思路不再有叹息与沉重

和你相遇，仿佛等了百年
千年，你从唐宋的诗词里诞生
我不能把握你的飘逸，音韵
但你天使的美景让我沉醉不醒

淀上月光

奔跑在水面上
贴在入眠的荷唇上
像轻盈弥漫的灵气
灌满我整个的思想

圆月，不知悬挂了多久
大淀经历了几个世纪的沧桑
水乡的风飘过水乡
静静的小船，雁声在回响

一行行跳跃的文字
在我的脑海似长了翅膀
涟漪的闪耀中
一个个意象湿漉漉飘逸在水上

一簇簇水墨荷花
沿着周敦颐的笔触伸长
淡淡的夜晚宁静辽寥
北方的淀水柔柔地映着月光

同怀一淀柔水
尽枕半淀花魂进入梦乡
一曲北方春色梦断千年
融融的水，融融的月光

绿色草原

绿色草原托着绿色太阳
绿色的长风掀着绿色波浪
希望是绿色的，信念是绿色的
马蹄切开地平线推出辽阔的梦想

苍远的背景，一匹骏马
在一串清脆的蹄声中飞翔
矫健的骑手在沧桑的岁月中
塑造着一个永恒的雕像

殷红的血洒在大地
夕阳勾画出一片绿色的畅想
你把一个个流泪的传说
潇洒地铺展，弥漫在草原上

毡房如闪烁的星星
甘醇的奶茶在篝火上吱吱作响
暖热了冰冷的时光
也推出了一轮崭新的朝阳

旧 景

几处亲切熟悉的旧景
引起我对童年的心动
这就是滋养过我的地方
始终庇护着我成长的过程

我四处寻觅，孩童时代
曾被阳光录下的幕幕亲切情景
这曾似母性的家园
养育了我心血照耀诗歌的激情

我是说这样的一个晚上
心中被旧事与情感纠缠不清
一个人在寂寞的风声里
回想着岁月短暂凹凸的沧桑人生

就这样，默默地凝视
这就是无数次梦中出现的场景
今夜，我要枕着月光
睡在这曾经育养过我的旧地之中

傍晚

远处，戴白毡帽的雪峰
站着，享受一方的风俗民情
躺在绵软的草地上
沾满水珠的爱情与草原的歌声

选择在傍晚散步，无意
走近一群一心牵挂青草的牛羊中
它们不装深沉，不作风雅
徜徉在无疆的诱惑草丛

夕阳，郁结在西山尽头
那堆火把眼前烧成一片风景
为了不使远去的孩子迷路
毡房的炊烟标志着回家的途程

我感到生命中的青草味
湖面飘来一片闪闪耀眼的晶莹
天黑，牛羊在耐心地咀嚼
回味在着迷的绿草的味道中

无　题

很想写一封
长长的信，给你
心，是邮票
却久久没有寄出的勇气

那年冬天
很冷，心没了往日的欣喜
夜，让我感到迷茫
取暖，紧紧围着这个冬季

总想用我的手
握住目光发出的信息
你走了好久
梦，依旧带我四处游历

去年今天，你把
内心的无奈与心痛写在风里
至今，我才读懂
你目光里内涵的真实意义

楼兰遗址

一个王朝被岁月淹没
一片荒芜留给后人去想象
一段抹不掉的历史
奔跑在百年千年的时间道上

穿越了千年的风沙
引领我走入断壁残垣的废墟上
只能凭借想象
展示那段极不平凡的繁荣景象

历史在时间上匆匆行走
记忆的寻觅中只是一段悲凉
这寂寞无语的凄凄遗地
在曲折风骤的岁月中依然辉煌

千年以前的文明与野蛮
是一对孪生兄弟，暗淡与明亮
遗地，是对历史的警策
不合情，却又合理地延续了千年时光

草原上（一）

因象征而辽阔，因神奇而象征
总是在炫耀着充满印象派的激情
草原秋色恬静，神秘
如轻柔的月光弥漫着憧憬

一匹匹骏马进入我的视野
驮起我的心开始在诗意中驰骋
飞奔的蹄声使青春的季节
在无时无刻的奔跑中充满激情

骏马的奔腾衔来太阳火种
炽热的心境让诗歌浴火而生
雁声清啼摇曳旖旎的壮观
心像太阳，热烈成一片真情

茫茫草原，举酒一杯
欲饮非饮，是九月的风
在草尖上摇摇晃晃低吟
将滚烫而醇香的长调高歌放声

千年亘古的不息奔腾
酒与歌浓缩历史赋予的生命
怎能不斟满醇浓的芬芳
醉成一部民族进程历史的豪情

草原上（二）

从无垠的天际起程
穿越千年历史的暴雨狂风
蹄音扬起的语言尘埃
早已植入子孙后代的心中

母性的草原抚摸着天边
北方展示着牧民渴望的心情
姑娘的柔情温暖岁月的冰冷
把一个个梦变成了草原的沸腾

马头琴那千年的音弦
悠扬地缭绕起篝火的跳动
氤氲出草原的智慧与骄傲
一路走来弹出如痴如醉的盛景

我的想象由一只鹰引领
进入毡房看到烧茶姑娘的玉容
怀春的红晕铺满我心绪
浓浓的茶香沁满整个草原的梦

河边漫步（一）

在河边漫步
释放自己的心境
心是水上孤独的小舟
漫步，是从心里放开的缆绳

闪闪的水面溶溶着天空
波纹似我的每根神经在颤动
湿漉漉缆绳般的心
正湿漉漉地延伸着一种心情

一个少女乘舟而过
脉脉投来美丽柔光把我心刺痛
世界是一种纯洁的语言
在肆无忌惮地童话般抒情

那条小舟随桨而去
我追寻着一路洒下的甜美歌声
上弦月般的小桥是淡淡的双眉
秋水是她的眼睛那么清澈透明

我在河边慢慢散步
水陪我心缓缓而行
纯净的旋律在心中荡漾
小舟沿着心中的伊甸园进梦中

河边漫步（二）

当寂寞沉入脚底
那条小船也在岸边停栖
想起遥远的古老童话
流动的花朵在苦苦追寻记忆

月色引我泊入岸边
寻找你留下船上的足迹
没有歌唱的时候
就像鲜花失去了芬芳甜蜜

弯弯的明月是你的淡眉
闪烁的秋水是你眼波的涟漪
总想把李清照的《声声慢》调
放在水边，细细品读她的诗句

风用千种回音的语言
纠正着我足音的一个小小停栖
直到把它改为
方位色彩流动姿势的轨迹

顺着星光黯淡的水路寻觅
期待，仿佛经历了一个世纪
一不小心我成了落水者
在一条叫秋波荡漾的河水里

大 淀

让人联想的意象水声
肆无忌惮地渗透命运之中
久违的淀水，今又造访
幽幽的旖旎依然凸现当年的风景

谁能承受这柔昵的抚摸
起伏震荡的岁月流淌着生命
超越身边的祥和与苍茫
深深皱褶的五线谱在额头弹动

认认真真地背负着时光
勤勤恳恳地打磨着闪光的生命
飞鸟之羽黯淡了岁月
沉重的空蒙中似有雁翼颤动

凝缩欲望默默锤打盾牌
风雨又瘦了几轮的年龄
以原始古朴的意志与风格
用蓬勃的青春与活力去塑造憧憬

时间在灵魂里呼吸而过
幼稚的诗篇仍让人感动
久违了的水乡，漫长的岁月
你依旧是容颜不老、从容淡定

观放马

似势不可挡的波涛奔腾
炫耀着草原上最壮观的威风
浩浩荡荡，澎湃汹涌
翻滚的浪涛一层叠过一层

撞开围栏的万匹烈马
滚滚沉雷似要炸开草原与天空
一声嘶鸣撕开万里寂寞
腾跃而奔的气势令人震撼吃惊

这群飞驰的云翻浪卷
似一团团烈焰掠过草原上空
忽然发现古战场的几百年
远征的大军一下又复活了生命

草原吃惊地发出颤抖
成吉思汗的马队在无畏地冲锋
无法阻挡的风暴一泻千里
展示出至高无上的不可战胜

荷 莲

有一种植物与水墨有关
魅力抵达女性欲望的情感
物质的属性展开理性交流
两种生命归为有序的同一融点

时光的又一个季节
九月的脸上布满金色
九月没有忧郁的皱眉
九月总是有暗香浮动或舒展

是花也是果，与人有关
女人如花放纵妩媚于水面
许多姑娘都喜欢把荷莲的
骨血植入自己的身体与情感

于是，荷莲从古书中飘来
总是入心沁肺，虽有点冷艳
人们从中提取一种物质
孕养着一个个生命的流年

打开史书，它们的根须发达
通往唐宋的乐池中醉酒花间
通往元明清的笔下书案
此时，我读它们如读爱情的诗篇

我爱它们如同爱我的生命
我已深深融入它们中间
真的，已无法分清自己
此时，是我还是丰富的荷莲

歌声（一）

在水面闪闪的波纹里
有两三声的棹歌柔美飘逸
隔着莲苇的绿韵
构思着伊甸园中的诗意

天籁之音在水面扩散
歌声悠悠似飘移的云隙
无数的荷莲聚在一起
变幻出它们的蓬勃青春与美丽

一朵朵如一部古典的情书
细节里闪烁着感人的诗句
夕阳中，歌声渐轻渐重
小舟正顺着回归的路泛起涟漪

沿着一种轻柔的声音
歌声顺着红唇的窗口飘起
悠扬的声音让心波荡漾
如红荷灿烂四溢着青春气息

夕阳的彩霞照着小舟
与你此时的倩影一样清丽
歌声如一朵朵沁人的馨香
让我陶醉在你纯净玉洁的心里

温柔的秋波清澈透明
反复涌动着内心的秘密
春心摇曳着情恋的波光
秋风般吹进了我的心底

把你那多情的歌声
放入我内心平静的录音机
让那水一样纯洁的声音
在寂寞的天空回荡优美的旋律

歌声（二）

你的歌声荡在荷中
怀春少女的微笑含着羞涩绯红
以水乡人的习惯姿势
生动了整个大淀的一片风景

歌声断断续续，如丝如缕
让蓬勃的青春去感受水样的柔情
我借你走过的路去追寻
让天使的信徒去完成一个使命

一片深不见底的淀水
清晰的诗句在均匀地跳动
被情歌泡过的水乡
经年在宽阔的水上浪漫着激情

柔柔的歌声，淡淡轻轻
只有真正深知你的人才能听懂
荷气飘香，你的缠绵
打湿了心事为我创造了一场梦境

如果回飞的雁声忘了标点
苇尖一定会沾满你甜甜的歌声
如果水路不知你的去向
船与桨已经把默契达成

清澈，纯美的动人歌声
引领我把水路的方向看清
潜藏着思恋的内心情感
是献给我七月迷人的芙蓉

季 风

突然感到一阵清爽的推移
那是幻想中的有力手臂
从天空，从远方，从古代
以势不可挡的速度吹向大地

受阻的苇叶荷花躲闪
风还是将它们的耐心扫去
像随它吹落的树叶
花瓣蔫了，芦苇也失去了绿意

所有母亲的遭遇
都要一步步回到女儿的血液里
这是永恒，生命带来的
一切不是旧的，却也不是新的

渴望，绝望毫无意义的轮回
仿佛春天，它来得多么容易
在时光的不知不觉中
是什么力量在改变

是另一个季节
是另一次俯身在风的双唇里

几乎不是风，它无数个形体
在我心脏停泊、融合、飞起
有时一缕阳光也会将它伤害
当我沉思时，这沉思显得轻重不一

它温柔、平缓
几乎像生命顽强而细长的呼吸
将我包容、熨平，而最终
它用光芒将我吸入它的光里

记 忆

阒夜的花朵已睡去
你却展示出一片幽幽的魅力
自浓香深处裸足而来
水面上你的心音断断续续

你递上一枝小荷

说，每夜的失眠是要离去
相思瘦了弯弯的月牙
往日的温馨此时变得有些凄厉

泪坠下，为一片微微涟漪
轻风吹起一支清新的动人心曲
宁静的夜空，如你的沉默
翠绿的春情，浸泡着回忆

我不敢面对你炽热的袭击
冲动的蓓蕾，激情四溢
仿佛热浪滚过我的心头
切开了雪线两边的距离

那夜，我越过了你的痛苦
依然固守着惨淡的日记
我把小荷夹入内心的日记
让所有的负载都化为淅淅的秋雨

雨 中

我似一个雕像站在这里
风携带着雨从水面掀起
面对烟雨迷蒙的景色
我恍若进入一个新奇的情节里

一把红伞悄悄撑在头上
她莞尔一笑，问我去哪里
漂亮的红伞突然护住
我湿漉漉的心立刻兴奋感激

少女的出现，让我紧张
羞涩的她似乎看透我的心绪
我来是把小船系紧
她红晕的脸上仍带着腼腆的笑意

在鲜艳的红伞下
她问我为何雨天站在这里
如荷清素的少女，此时
多像古诗词中的一首最美诗句

面对淀水，迷茫着
少女的芬芳让我有点醉意
风忽然阵阵地吹起
雨渐渐停下，她有些惋惜
看看我，柔柔地说
多想让它不停地继续下去

老船夫

长风裹着沉沉的波浪
远古的历史伴着闷雷响彻大地
一双太阳与月亮嵌彩的眼睛
两只风与浪涌刻出的大淀肖像

深深浅浅的水道皱褶
满脸不堪回首的一副沧桑
不知是你的路还是水的路
银发如雪，目光击透九级的风浪

骁勇的船夫在水的记忆中
人生的流星时时坠落无声无响

面对苍凉与悲壮的人生考验
你澎湃的心潮总是亢奋、激扬

太阳在你身上刺满印记
用宇宙的眸子穿越你的沧桑
风掀起波浪的乐曲旋律
演奏着曲折回旋的最得意篇章

徘徊的脚步并不是畏惧
双桨不是绝对的图腾想象
焦灼的潮水不是无语故乡
旭日冉冉，走出迷茫托起遐想

荷塘（一）

把天边最美的一段彩霞
截住种在水上
风从远方把颜色吹来
构成了我们今天的荷塘

穿过雨季和冰雪

酿制浓浓的色彩与诱人的芬芳
在亘古永恒的水面
把身心交给大自然和想象

该谢就谢，该开就开
让沧桑成就高贵的形象
打开内心神秘的情节
演绎出世界上最动人的篇章

从遥远的风声中
带来涂满粼光的气象
用真诚与热烈编织时光
让内心的情感铸成永恒的辉煌

荷塘（二）

是谁采集了入秋的风声
化作苇叶为笛成为一种意境
是谁捕捉一缕缕霞光
来装饰这荷塘的一片艳梦
沐着丝丝明丽的秋雨

渗进缕缕惬意的心情
所有的花已不再是少女
凋叶合目，回味着一季的历程

沿着荷塘的意象行舟
此时的满腔热血开始沸腾
一片季节的浓装淡抹
让我的想象奔驰在灿烂的天空

我要采撷一瓣红红颜色
来装点我诗歌中的激情
青春到了放牧的时候
多少童话般的想象演绎着爱情

一簇簇水墨写意
绽开一片殷然若紫的盛景
百般美艳，如红粉佳人
一曲含丽凝香的千年春梦

沿着你的芬芳漫行
在弯曲水道似神游在远方的梦中
这一团团火红的传说
抚摸着我的灵感点缀着一片风景

荷塘（三）

雁声飘飘悠悠穿过水面
穿过水乡一个个的睡眠
披一身苍茫伫立于苇尖
一腔的幽怨，感慨万千

不言不语的太阳
高贵的灵魂践行不老的信念
水乡的炊烟犹如象形文字
一幅或浓或淡的大写意画面

我爱荷的纤纤素足
爱那饱含风水依然不变的容颜
水面浮动的野鸭
让大淀萌动着迷离灵感

岁月的水，柔和了沧桑
在春华秋实中流动着烂漫
一只蜻蜓落在睡莲上
让唐诗宋词的意境含蓄呈现

心，静静地泊于水舟
让时光遗忘那寒冷的冬天
我不能成为灿烂的太阳
就成为神秘的苇让你想象千年

荷塘（四）

走过千里之外
恋歌进入了大淀
任七月的风与骄阳
弥漫在荷瓣与苇尖

浮动着我们的青春
拓展着我们蓬勃的华年
傲之苍穹，气宇轩昂
映红了缭绕的水雾烟岚

不带一片绿甲
尽倾满腔的红颜
追梦中，赤了一个北国
渴望里，红了半壁江山

闭上眼，历史风烟
远去的岁月，奋斗与磨难
恋情的沧桑已成往事
你依然钟情于浓烈的火焰

荷塘（五）

一片燃烧的火焰
覆盖了进化史与所有的艳红
这一片壮观的盛景
以另一种形式滋养着蓬勃生命

在风中看到了苇丛的雁翅
在叶间听到了采莲的歌声
在荷的深处
姑娘与莲共舞着一种迷人造型

一片高耸迎风而立的火炬
多像一片永不熄灭的熊熊火焰
从地层深处从深深的河底
从恐龙曾经生活的场景里诞生

古老的船只浮在水上
歌中的姑娘美丽动情
茫茫之中，我有些感动
目光被泪水打湿一片美景

荷塘（六）

倩影在叶间时隐时现
与小舟的少女玩着捉迷藏
条条小鱼咬着尾巴
潜逃于无浪无迹的地方

月浸泡在水波中
散乱的银光摇曳着梦乡
被搁浅的月夜
悠悠闪烁着浪漫的清光

清纯的微笑献给四月
优美的旋律让春心膨胀
只有和她有缘之人
才能听到她此时内心的歌唱

月以某种清净装饰着
那双温柔纯净的眸子流光
溢出童话，流出真情
湿漉漉的爱在心弦上畅想

沿着激情的心路荡舟
驶向向往已久的相思驿站
清纯而晶莹的春心与清澈
在月色的荷叶间编织着幻想

一条船

渗进了曾经的岁月沧桑
柔软的历史镌刻着坎坷以往
像厚厚的冷暖淀水，蓦然
使我升起一缕颤抖偏爱的想象

在西风瘦马的河道中
总有一种百折不挠的延伸向往
曾经繁华与萧条的光滑线条
完美地编织成水乡心中的偶像

千百年来的岸边
水上一方冷色调如此的空旷
曾经有风有浪的艰辛飘摇
难得这样恬淡黄昏的在此一方

日夜思念着与水的关系
流动于凝固之中也不离不放
莞尔拒绝一切烂漫的光泽
仅以一点清白的灵犀点缀时光

朝花夕拾，过眼云烟
不记时间已被改变的模样
无意中暗示了缓慢的时序
泡在水中的梦依然在膨胀

接受过一支支桨的热情
和主人一杯杯烈酒的豪爽
你愿把自己谱成曲子
在典籍中任凭光阴浓淡地弹唱

七月的水上（一）

风带着红色放声歌唱
七月让清澈的水面艳丽飘荡
当我站成一幅剪影
渴望揉进水的红千万丈

小船缓行，深处阳光
船桨被一个个红艳的日子染亮
姑娘让涟漪掺进往事
情窦初开，让她心花怒放

一声雁鸣，芙蓉一片激动
映天的红浪让秋季放歌吟唱
灿烂地举起一年的心情
红红的火焰比芬芳更为漂亮

风传递着成熟的音乐
姑娘的倒影在水上荡漾
在时空的红色通道追忆
阳光为你铺出一条情感的方向

水乡沉醉在一年最好的时节
涟漪带着快乐的心在水上飞翔
七月的日子顺畅，欢快
一半在梦里，一半在粉红的船上

七月的水上（二）

七月，深邃的蓝天芦雁斜飞
热烈的风与潮味的气息在弥漫
我置身于大淀的水边
虔诚地期待远方出现一个奇迹

几经词语与情感修饰的阳光
以其无可比拟的明亮深入我心田
使一切期待的模糊
霎时，燃起一团团金色火焰

水乡的人们世世代代
在水的沃野里耕耘着自己的信念
既生长着快乐也生长着辛苦
面对它的博大与深沉欲说无言

是你给了水乡肌肤的颜色
以及雄浑的性格与火热的情感
你深入浅出，柔软的韧性
将一片爱意留在了水乡的心间

秋 苇

这个季节已所剩无几
这个时间都沉入平静
你的手势告诉了我
所有的硕果都装入了梦中

从一杯水蒸发的语言
从一滴泪浸过的叶子中
你用最后的生命传递出
从任何角度都可拍摄太阳的背影

我站在秋的夕阳里
守望着一片曾经喧嚣的水声
此时，已卸下烦冗的累赘
启开尘封已久待发的感情

不是为老去的承诺
不是为曾经有过的激情
在瑟瑟的凉风里
渐渐消瘦的容颜还那么生动

高举着最后一盏雪灯
为了不让远行的孩子迷失路程
你用老去的生命
为他们擦亮了秋天的眼睛

姥　姥

姥姥把一个节气
种在母鸡的腹部里
雏鸡踩着嫩嫩的时间
开始捕捉蹦跳的童趣

抖落我的诗句
喂养家乡的话题
姥姥许多遗忘的话语
被小鸡从某个角落里觅起

一把秕谷，几滴清水
以生命护住一院的爱意
一片叽叽喳喳的欢快
在我的脚下浮动，嬉戏

姥姥把生活种在
有风有雨的二十四个节气里
饱含艰辛的生命之汁
足以渗透在我的灵魂里

院中，姥姥的一声呼唤
我分不清哪个是诗，哪个是远方

老 乡

每天三两声的鸡鸣
摇醒地里的勤劳身影

风吹叶响，牵动
弯曲的躬身，勾出月亮的清明

太阳升起的声音
黄昏涂染的天空

催时光盛开、催时光凋谢
陪伴的还有夜空的星星

岁月的风雨中
经历着他们沧桑的一生

观　画

——《高尔基在伏尔加河》

伏尔加河的涟漪
收录着拉纤的千夫曲
一阵阵沉重的号子
撼动着情感丰富的高尔基

每天过往的船只
品着命运带来的风雨
面对死神的劫掠

一生一世都做着抗衡的努力

高尔基用内心的掌声
向他们表达着由衷的敬意
以及用水的深度
来测量风雨中他们内心的秘密

常年不衰的曲号
旋律，穿越了几个世纪
他也是被击中之人
心脏的跳动总跟着号子的频率

泪水或许不能洗刷
历史的沧桑留下的踪迹
他宁愿用谎言，在
迷路的城市，带着真诚回到家里

风雨吹打着高尔基
河上的艰辛敲击着他的骨髓
他要用无价的情感
去擦拭此时眼前的一切迷离

北岳庙

苏轼的碑文
耸立在北岳庙里
几百年以来相偎相依
总断不了对诗词歌赋的痴迷

皇帝有时也虚怀若谷
下江南也不忘寻访老苏住地
御笔蘸来东坡上一抹不羁
随意的行草，潇洒、飘逸

多少年以来，碑与庙
仰视着苍穹，俯视着大地
游客们不须参悟
一个个心里都明白清晰

这里被列入
世界的名胜古迹
是碑，还是庙的缘故
谁也无法说清其中的道理

李清照

蹄声卷着风沙
车轮逐落着晨夕
车上的词曲格律
浇着宋朝的烟雾迷离

你用宽衣长袖
甩出平仄起伏的词句
冷风衰草呛得短叹长吁
寒冷的岁月让雪漫天舞起

蹄声与车轮
留下的印迹形成一排韵律
一车的金石词牌
都飘忽在血流的战旗里

胭脂染红了辞赋
苍凉的荒野中，慷慨悲凄
你挥动比兴的词律
淹没在大宋的岁月烟火里

琵琶与大雁
仰天长叹，悲歌凄厉
从《声声慢》或《如梦令》里
你成了一首令人感慨万千的词句

普希金

你那深邃的眸子
总是映着伏尔加河的涟漪
你那支闪动着灵感的笔
让远古的轶事跳动成迷人的传奇

梦中的那座皇村小镇
我站在一片明亮的月色里
你那支勤奋的笔
让沉闷的世界变得可近、清晰

有群鸽子从远方飞来
让我失眠在寂寞的夜里
秋季是你放纵的灿烂
让落叶凋零的人生充满诗意

在夜色中，你呼唤爱情
让每一个灵魂都把爱燃起
然后，用抒情的手
挥洒成玫瑰色的记忆

总是那么潇洒
有时，也独自一人沉默不语
面对世界，你那支笔
神奇在永恒中，散发着迷人的魅力

军人的情感

军人的情感
是钢是铁是熊熊的烈焰
一泻千里的激情
昂扬着深邃的哲理情感

再见吧，妈妈
作别故土，投向炮火硝烟
那方炽热的情感
把狂风骤雨的战旗渲染

军人的情感
洒向长眠的战友跟前
深深的虔诚与肃穆
掀起了六弦琴的低音回旋

军人的情感
浸透着祖国的安危
烈烈的火焰
燃着对国家忠诚的铮铮誓言

军人的情感
坚强，勇敢
激情的风采中
洋溢着正义与使命

军人的情感
是镌刻在古老长城的犀利双眼
炽热，燃亮
华夏大地的经线、纬线

母校门口

一群同学说笑着走过
心，一下跌进学生流动的河中
涌动着青春的朝气
激情把当年的回忆放纵

朵朵彩色的纯真
跳动着金子般的年龄
许许多多的故事演绎着
嫩绿嫩绿的沸腾生命

风华正茂的灿烂花季
闪烁着纯真无私与幼稚的天性
少女的娇羞，少男的粗犷
闪光的年代，遐想着未来的憧憬

阵阵天真的欢笑
掠过，将要成熟的季风
花开的季节多少希冀
都在单纯，天真的心房跳动

一阵打闹溅起蓦然回眸
匆匆奔回岁月的课堂中
走入无忧无虑的河流里
去把年轻时代的自己唤醒

听琴声

听琴声，就是听河流的旋律
七个音节构成爱之梦的心曲
把自己沉入水流中
嗅一种原始而清新的气息

乐潮摇摇，欲望萌动
想象的触须奔腾在血液里
七个高度在怒吼、在狂奔
听一次裂变之中的阵痛与心悸

在细细的几根弦上
就是在流动的河水里
凝视一种日出，抚摸一种玉体
就会被江河的巨浪吞没冲走

难道这是一失足落水
成为千古悲恨的叹息
其实，奔驰之后音乐平息
你会看到蓝天，碧空如洗

小　草

对于冷落与寂寞
我们无法去抗拒
有谁会记住我们的平凡
但是，我们依然会充满大地

冷漠，是另一种高度
在绚丽、灿烂的花园里
我们别具一格
有很多很多的生命都无法相比

阳光的语言
比淘气的菊花更为浓郁
岁月的无情
让凡·高的葵花在残酷中谢去

在辽阔的空寂中
怎能让青苔挤满声带大地
充满膂力的鹰燕
总是从我们的上空落下后又腾起

尘土掩盖我们的腰脚
雷电击中我们的肢体
千百年以来我们仍
含笑地去接受风霜雨雪的磨砺

站在长城脚下

残缺，败垣的长城
用砖石书写着凄凉与沉重
站在跟前，我的思绪
沿着起伏的弧线奔向历史进程

用爱与恨，汗与力
时间与空间堆垒成的奇观异景
时刻都在提醒人们
正义与邪恶，仁慈与残暴的战争

凝固的雪岭之外
五千年以前的光景
可，谁又能听到
岁月沧桑的那种呻吟声

一代代的浑浊
又一代代的洗净
许多的悲伤与呐喊
融入泥土，火光时时窜动

风与雨，雷与电
时光在磨蚀着浩大沉重的工程
欲望的躁动，心的呼唤
力的自豪，血的悲歌，这就是长城

荒凉戈壁之上突兀的预言
凝结着烽火与厮杀的惨烈情景
长城用血写下自己的名字
用生命奠基的雄伟高大连接天空

已经修补了百年千年
燕赵砖石、秦汉墙垣，修补坍塌的心灵
仍修补不满残缺的历史
用心情的砖石修补没完没了的工程

枣　酒

多少个春夏秋冬
多少次旷野的山风
凋零的期盼与等待
演绎出今天杯中的面容

欢迎你们的来饮
如月色吮吸着潮汐的场景
这一片红红的雨，酿成
千年不衰的生活不可或缺的豪情

这是你想拥有的真实
想要寻求的一种心境
我想，这种迫切渴望
从来没有停止过它的流动

一盏多大的酒杯
唐朝月下映着酒仙李白的尊容
一口芬芳，几阕诗词
润泽出的美丽传说让人激动

清澈的光泽起源于
一种极深极久的智慧结晶
举起手中的酒杯吧
生生不离的这血脉传承

无 题

美丽的黄昏
是一种别样的风景
消瘦而惨淡的一月
把无际的远方收入眼中

你漂亮睫毛的栅栏
将我的目光拒绝在黎明
那片清澈明亮的水域
有了拉长视线别离的心情

我所有的日子
都是把眸子留在空中
总想摘取那颗
用来制成标本的星星

然后，悄悄地
把它夹在生活的日记中
在岁月的旅途上
与酸甜苦辣伴我同行

有了细雨的温柔
就有了坚心与明亮的眼睛
永恒的路在日历中延长
五千年也就成了短暂的旅程

狼牙山

一座大型群雕
塑造出一幅威严的神奇
雕塑着峭壁与苍穹
也雕塑着苍茫的大地

我的目光凝视在峰顶
心情也被紧紧地压抑
热情而闪烁的瞳仁
再也无法转动清澈的视力

宁静而沉默的峻岭
静止的战争还那么明晰
流动的硝烟
仍在闪动着不可战胜的正义

没有刀刻斧凿的痕迹
浑然天成的线条深刻且清晰
没有人工刻意的布局
却突出了英勇顽强的不屈

沉思的大山，是凝固的战争
永远无法把沉痛的灾难忘记
岁月的流水，并不冷寂
总在展示着它严峻的崇高魅力

照　片

岁月，越过白日与夜空
渐渐进入缤纷的世界中
每个脚印都是一段回忆
当时的感觉，依旧真切动情

人们总在提醒“笑一笑”
生活的滋味并不总在笑声中
倒是眼神的飘忽不定
预示着未来的道路风雨兼程

有聚就有散，人们之间
天地之中，就是一个大的家庭
镜头咔嚓一声
亲情、爱情、乡情、友情与别情全部容纳在其中

杨玉环

有谁能用一颗
跳动的心把那段苍凉唤醒
在帝王的眼前
所有的厮杀都钻入了云层

我们只能借助
三千年前的微弱跳动
来还原一个
霓裳羽衣，歌舞长袖的旧梦

我们无法破译
在残酷的混战结局中
谁真正的死亡
谁又能在血淋淋的惨烈里重生

一地花雨，红颜薄命
当历史穿越了时光的暴雨狂风
有多少人为你
看清了羡慕与悲叹后的路程

狼牙山五壮士（一）

在连绵的群峰中
你们的眸子就是历史的进程
火焰般的目光
敲亮每一双到来的眼睛

昨天战争的丑恶狰狞
铸就着你们的顽强与勇猛
血腥的死亡与重生
敲打着欲望、敲打着意志、涂写着天空

你们以献身的精神
让信念的钟声把沉睡唤醒
久久期待，使你们不再孤独
所以，双手紧握着无情的战争

岩石上，红色的风
在弹奏着你们的乐观心情
在风暴与骤雨中，你们
用意志抒写狂草般的碑文以铸魂灵

历史选择了你们
永恒的追逐燃起希望的黎明
不是心中没有感情
兵戈与战袍更激发你们的英勇

所有的祈祷都如图腾
壮丽让你们构成了耸立的雄峰
沿着白垩纪的血布满希望
于是，战争为你们筑起了祭坛的神圣

狼牙山五壮士（二）

凌云而立，时有清风
为你们拂去积尘洗亮眼睛
无雷无电无雨的天空
让你们的灵魂得到安宁

爱你们的人
用敬重书写你们的姓名
风韵的琴声
总在弹奏那段历史的沉重

眼前的一切虽已沉默
风云的岁月却塑造着伟大的魂灵
没有倒下的骨节
在硝烟中变得越战越硬

你们的精神
是一个民族的象征
你们无畏地面对死神
渴望的高歌依然高挂在悬崖上空

阳光让世纪的石头风化
但它带不走你们辉煌的姓名
热血与意志的火焰
让战争在绝望中感到颤抖与惊悸

我忽然看到烈士的鲜血
溅红了悲壮历史的云层
然后，又飘洒下来
凝成岁月的红花，鲜艳永生

月光下

沉醉在最纯洁的光芒
卧饮宁静夜晚的一缕清光
被风掀起的心轻轻飘起
欣赏幻想中最美的花朵绽放

细听一些微弱的声音
越过黑白插图的空旷
散发的缕缕清冷之光
用一种优美的方式在抒情畅想

蟋蟀与萤火虫交织的歌声
在思维的根部瓜熟蒂落地回响
耳边的鼓声纷纷涤荡
穿越着与世隔绝的曲径

逆流而上，乘坐不沉的典籍
约会在那里久等的古老时光
心，被美人般的月色渗透
一切隐情都奔向极端竞相开放

在凳上坐禅
一种宁静的情节意味深长
我看到一些形象在微笑
一种随意的抒情从心灵飞翔

月　夜

无声无息的穹空
全部的景象被银光充盈
站在词语中央般的树下
参禅一片清清淡淡的夜景

一种期待，像一朵朵云
开始在我的脑海里浮动
灵魂深处的向往
像银光中东飞西撞的萤火虫

她像荷一般
走出虚幻的水面，笑脸盈盈
白云的诗篇，每一句
都洗涤着我期待与焦虑的心灵

走出想象的大门
一切又都复归了宁静
白茫茫的预言
我孑然的影子飘向天空

当一切思绪恹恹欲睡
渴望却沉积在焦虑的心中
驿动的心在广宇上升欲望
子夜，我是唯一的飞鸟翱翔天空

雪花（一）

整整准备了一个季节
化作腊月，漫天飘荡
依风而飞，一生一世
作一次生命旋舞的畅想

古筝又一次深鸣
冬日的童话让人浮起幻想
六瓣的情节满天欢快
也填补了四季不可或缺的形象

作为一个冬天的精灵
心中蕴藏着一个圣洁的海洋
你缤纷的起舞中
让岁月的灿烂充满意象

以一种纯白的温柔抒情
在不声不响中书写着内心渴望
冷风深刻了故事情节
腊梅花启程，开始走在旅途上

雪花（二）

你轻盈的情韵
依冬而至，觅寻去年的足迹
一片素洁的月光
醉了兴奋的心情，无法平息

你以北方的格调
以六瓣的梅花，夹入我的记忆
移植你往日的孤独
依在我的梦中，绽放美丽

田野麦苗立于一种文静
把飘浮的往事融在洁白的日子里
拔节之声，如一片蛙韵
舒展而悠长，我依然听得清晰

一串串动人的音符
在北国的大地萦绕着旋律
一棵小苗，咬破冬的禅静
沿着长长的田垄，洗濯春季

雪花（三）

孕育了一秋的水意
在腊月化作了满天飞扬飘逸
旋舞着你的一片语言
一句句在潇洒着纯洁的诗意

无声无息，花开大地
覆盖了叶子与鸟的踪迹
由一股股的满腹热血
完成一次千古不变的自然风气

一张偌大的白纸上
冷风书写着故事的感人含义
蜡梅花开了，粉红色
信笺上的诗句寄语着春的信息

春芽

当你挣脱沉重的冬季
从死神的残酷中挺起
你微笑着为明天
带来了一个十年以前的信息

你把自己的愿望
挂在岁月干枯的枝条里
趁着黎明的霞光
走出寂寞与阴冷的腹地

以一步一个世纪的步伐
向一个即将到来的温暖走去
你与阳光垂成直线
所有的负载都化为淋淋的小雨

虽然摆脱了阴影
但，不愿意把记忆放弃
因为，你不想重新负载另一个阴影
成为墓穴中的幽魂，永远被压抑

桃　林

一片粉红的波声
在滚动着粉红色的梦
扑面而来，涌在我的眼前
涌向我的心灵

走近，有轻快的鸟鸣
有粉香清脆的流水声
用斑斓的色彩
高扬着自己美丽的生命

春风在桃枝上打盹
于是，十万朵花蕊蜇伤我的眼睛
用淡淡的清香
浸润着岁月沧桑的进程

一片色彩的飘动中
浓浓淡淡的芬芳在流动
一阵阵随风而舞
漫过了时间卷成皱褶的光景

我无从考证
它们的美丽姿容何时生成
风吹过，纷纷的花瓣
仿佛注解着它们如何诞生

被春风吻过的村庄
用一种乡音把我欢迎
于是，短暂的绽放如日月
你们的凋谢，是新征程的开始

春

嫩黄的嘴唇羞涩低语
清风如薰，绵绵细雨
在二月缠绵的苏醒中
一种纯净的语言，把春过滤

灵魂生动的触及
让孤独与沉默怦然跃起
一阵阵拔节的滋滋声响
将红色油伞的影子踩进地里

远处飘来曙光的鸡鸣
似花的红晕，如潮水涌起
耐不住褐色的沉寂
阳光把腊月装入厚厚的书里

几粒小芽，闪烁着嫩绿
恍惚中，膨胀着不安的传奇
不辞疲劳赶来的春
让细雨掀起如丝、如诗的旋律

布谷声声

屋檐还残留着冰凌
和雪的微茫，而阳光
已从瓦缝探出热烈
用温暖抚摸大地的空旷

一个个生命从梦中醒来
布谷声声像一道清澈碧水流淌
魂归泥土寻回血脉根系
这是一种郁结已久的期待与渴望

一声声，清脆、婉转
内心却在激荡着一个共同方向
关于冬天的故事，顺着
欲欲萌动的梦幻，开始了飞翔

仿佛看到布谷声中
一千种色彩在绚丽地开放
在泥土的芳香和感动里
大地中含苞待放着美丽与辉煌

春 耕

三月从孟浩然的诗中赶来
看醒来的茫茫田野大地
小村走入画家的笔中
沸腾的农忙掀开了冬眠的沉寂

牛皮鞭的一串脆响
大地的水面卷起褐色涟漪
手，紧紧握住节气流程
大笔一挥，就潇洒出春忙的诗句

不用使青铜的语言
大片的艺术田间，风景美丽
清脆悠长的布谷声
仿佛禾谷拔节笛管动人的旋律

春耕，纵横田垄之中
以辛勤祈求来年的丰收富裕
充盈着蓬勃的大地
富足灌溉着千家万户的流行歌曲

王昭君

你那西去的车轮
抚平了那段沧桑的历史
当所有的厮杀都已过去
血腥的争战休眠了荒唐

塞外的风雪淹没了回路
你强忍着十里一徘徊的难舍难忘
每一个让人沉重的细节
都使大彻大悟的心悠悠荡荡

西域的路上，刹那间
一种圣洁的敬重盈满我的心房
在几千年的微弱呼吸中
我仿佛看到一个侠女的美艳形象

为了江山社稷，你用不幸
抚去了一段时光的惨淡与疯狂
温柔的火焰在体内压抑
你的名字像融化在时间书页上飞翔

时光很难说清，在
残酷历史风烟中的重生与死亡
你的美，轻盈高贵与勇敢
让人们沉浸在怀念与追思的时间里

雪（一）

此时，不再仰望一些东西
我的祝福是透明的心域
晶莹的花朵飞向窗口
开满在整个视野里

光秃的树枝上，挂满
北风恣肆嘹亮的疯狂曲
飘落的羽毛无声地送来
丰腴的温情和膨胀的安谧

瞭望冬日，雪落着
我虔诚地接受灵性的沐浴
在这清透的柔润中
会有一个好梦光顾在屋里

迎着最早的一缕曙光
默默地闪烁于空旷的大地
我的情愫与雪有关，遥望腊月
谁又能丈量出我与寒冬的距离

你是冬天的一个注解
花香袭我许下一生不悔的心语
幽缓的深深浅浅的雪地
似女性的美带着嫁娶的兴奋不已

一种灵动的旋律在飞扬
让年轮的杂质留在空白里
把关于春的词句写在枝蔓上
带着新鲜欲望在冰层上恣意

雪（二）

白云悄悄地溜走
流水带来了严寒的冰冷
雪，起伏在天空高原
在旷野与太阳之间旋转身影

四月的梨花绽放着清凉
用纯情滋润每一个魂灵
在阳光下闪着圣洁光芒
冬天的语言让我们看清读懂

青春忽然冰封于飞扬中
抵达岁月鲜为人知的更深层
在纯粹的雪族国度
双目清朗，远眺远方的宁静

水晶样的部落，总是在
历史的栈道上踽踽而行
建造着自己开满鲜花的
神舍，坚守冰清玉洁的永恒

但一切未变，图腾
仍旧是图腾，绝不是梦
雪是这片土地上的雕塑
大地的民族如雪一样清新透明

天寒岁晚，雪回避忧伤
除去尘世杂乱，重添空旷清明
没有注册的历史将冬的承诺
用南辕北辙的手法注入新的内容

看到你

如果你是梦中的红海
那么白云就是你的岸边
梦想就是即将起锚
开始远征的航船

八百里长的水面
松开纠结多年的纽环
大雁在天空徘徊
寻落夕阳低垂的地平线

当母性的淀水起舞放歌
在七月，你让情感达到了极点
灵魂没有国度，不分万物
我听到你心中亘古不变的信念

你从古老的神话中走来
展开召唤的力量燃起人们的梦幻
在一个十分纯净的早晨
你把东方的太阳悄悄点燃

横空出世，闪烁着美的光环
雪融为水滚滚而下，为你狂欢
几千年的郁积，幽怨从
幽梦中醒来，一朝喷出一片火焰

你说

你说，黄昏没有位置
站在荷旁柳下只有等你
没有怨你，初恋是雾
夕雾是夜梦的伸展，延续

记得你把两片桨写在水上
仿佛在梦里，我们在雾中相遇
现在我才明白那是你的目光
让贮藏的情感泛起珍贵的涟漪

用熟悉的方式孤独的漫游
唱着普希金的情歌，静静等你
想象异性是诗意的飞翔
想你生动的脸上闪着人情的刚毅

欲言又止，你高贵地笑着
接受生命匍匐的拜礼
你的目光，是那么温润
是一条条无畏向前的金色箴语

我翻开所有的书籍
没有一个举手投足如你的气质
我读过许多诗词
没有一首像你那一笑的阳刚魅力

黄昏慢慢浸入水中
月亮散落成银光游弋着梦呓
几年了，在这儿没完没了地等你
天空孤独的颜色染着心中的失意

春雨（一）

季节扬起雨的歌唱
万物都是倾听者，陶醉在弦上
宁静致远的大地
让旋律沿着田野飘向远方

归来的燕子，村寨的绅士
衔着旧事，剪着柳叶的光芒
划过雨丝织成的网
在屋檐下倾诉着未来的渴望

晶莹的雨，在悄悄陈述
我是位观众沐浴着此时的清凉
小小的花心悄悄卷起
以起伏的波纹接受你优美的形象

那片仙芽伏在枝头
如小鸟嫩黄的小嘴一样
天空，那枚冬景的画片
被压进了腊月的玻璃板上

心中那么多的心事
被一片翠绿揭开内心的向往
大地企求阳光
一阵阵的暖意让银丝牵着飞扬

醒来的种子
在失眠的梦中抛开睡意迎接曙光
当色彩点燃了生命
那破壳而出的春为你垂下泪水欢唱

飘飘忽忽，银色雨丝
让所有的喉咙都开始了歌唱
看到你将怎样来装点大地
让所有的生命都迎来梦想

春雨（二）

三月从《春晓》中走来
犹如静湖上的一声蛙鸣
潜在溪边的桃子
勾勒出一条粉红的曲线在飘动

暖风剪开纠缠的冰冷
布谷的翅膀一阵阵搅动着天空
沉默得太久，思虑得太久
春动膨胀，在大地的空寂中

泼辣辣的脾气那么任性
叮叮咚咚，把小苗的大门敲动
于是，绿色的诗行跳出
清新的大地充满了画意诗情

三月一下改变了老态龙钟
红日推出一片生机勃勃的盛景
枕一春水，屏神静气
调皮的细雨，淋湿我七彩的梦

五壮士

只有亲身来到这里
才能听到惊心动魄的灵魂呼吸
心才会纯洁成
一种朝拜，一种从天而降的敬意

沿着梦中的炮火走来
昨天的英雄在这里相聚
歌声嘹亮潮湿的天空
尽管宝贵的生命潜入谷地

把仇恨舞成利剑
八百里的群山为你们助力
山火无边漫延
生命在创造着历史的光辉奇迹

骨骼发出锤锻的声音
灵魂爆发出惊人的毅力
你们的每根血管都在
膨胀燃烧着熊熊的怒火与不屈

狼牙山的壮士呀
我沉重的心情满怀敬意
在这里种植怀念和希望
用一种精神为信仰去奋斗努力

故 乡

回首一望，故乡
原来是伙伴折叠的一段时光
风浸着心，在夜色中
摇成一片打逗的闪烁波浪

静听一夜的月色
风吹云朵，流向远方
李白曾经的那支笔
预言，那只纸船泊在月亮之上

月亮如鸟一样凝视着我
像我的梦，鸟一样回望故乡
弯弯的小径如姥姥升起的炊烟
圆圆的白馍四溢故土的味香

沧桑依旧，只是那不老的
石碾，仍在倒映着或圆或缺的时光
而我当年种下的小树
如今是否已经叶茂粗壮

故乡的小院

调皮的野菊爬上篱
小院的柴门面向西
满院咯咯地叫不停
白花黑点乱跑的鸡

黄雀蘸着露珠
蜻蜓靠墙静立
小黑钻出黄瓜架
带来一股瓜味的气息

一枝牵牛花
把脖伸出，那么好奇
朝院一笑
脸羞涩得立刻红起

表弟从地里归来
身上伴着声声的小曲
长长的锄头扛在肩
把月亮一路引回家里

一根火柴，把
满屋的明亮燃起
一声蛐蛐的叩门
“立秋，立秋”增了几分凉意

故乡的河

故乡的河，雨后的夕阳
我赤足沿着弯曲水边徜徉
你依然闪着古朴的气息
从远古的启示中神秘地流淌

夕阳的饱满，明朗的抚摸
这无边无际的空旷北方
当年雄健与野性的血气
毫无忌惮地任性疯狂

起伏的颤音在奔流
岁月和生命一路在途上回响
彪悍没有装饰的旋律
嘹亮地刺激着季节的快感时光

慢慢而行，恣肆放纵自己
你变得如此柔情，清澈而安详
我心静至极的逼真幻觉
水波浸我情绪，渴望揉进浪花万丈

此时，数着河边小花
看着水面悠悠飘飘的蜻蜓来往
故乡的河，我童年流动的脚步
一种情怀让我产生一种迷茫

多年已过去，但这条河
仍清晰地嵌入我深度的思想
如水边的小鱼，游来游去
使我又一次迤逦在这故乡的河旁

下　雪

在这寒冷凄凉的冬季
使我的心也冰凉至底
一首诗走失了许多语言
无声的音乐带来一种节奏的气息

独自静坐，望向远方
飞飞扬扬，悄悄粘满棉衣
有一种情结，不明不白
无所不在地追逐着把我围起

在这个时候我想写首诗
笔下的诗歌让岁月沉默不语
我的情愫总是与雪有关
脚步轻柔像幻觉，忘记许多词句

想象越过一片杂乱
让宁静的心走在雪里
无声的雪下得沉重
经过沉思营造出至纯的禅意

所有的生命都在平息静听
想必都在感觉这六瓣的魅力
经历着十一月的过程尾韵
我总是在丈量着与寒冷的距离

这条路

一场大雪，纷纷扬扬
落满了城市与村庄
这场不期而至的雪
整个地覆盖在这条路上

我在想象着这场雪
也曾布满在我们回家的路上
这条普通又古老的道
记录了我们的快乐与忧伤

此时，大片大片的雪花
落在我心里，倍感冰凉
当年我们的笑语欢声
如秋后的花朵凋谢枯黄

大雪覆盖的这条路上
覆盖不住那段美好的时光
半个世纪的沧桑旅程
依然与雪花相伴而行

我站在大雪铺满的路上
向苍天祈祷我内心的渴望
在我们回家的这条路上
让大雪祝福我们永远幸福安康

读 你

在你生命的作品中
有一页最是让人感动
字字珠玑，声声入耳
步履点点，倩影轻盈

你把时间装饰成艳丽
将打开的心扉编织一片憧憬
清澈的水面映着想象
风掀涟漪展示的魅力无穷

雁儿在苇上掠过
把一河的空虚染成新梦
风从另一个角度吹来
一个寒战意外地把深度加重

那些沉默的莲荷
总是生出一片鲜红的笑容
转眼间，呈现出一册
新版的线装水墨丹青

渴望，从荷旁探出
急急觅寻，你的与众不同
和那飘忽不定的
款款长调与盈盈小令

游园小记

一

雕栏绮丽曲径幽
小溪笑我绕山流
忽逢斜雨细如丝
绣阁楼台仙境游

二

小园风光迤逦开
青山绿水迎我来
一倾心曲向长空
一花一石巧安排

三

花开花落文化园
楼榭亭阁映翠山
天边有雨怜芳草
花叶欣喜笑开颜

四

园中芳菲展姿容
楼阁映水韵味浓
小风衔来九月雨
波光山影鸟相鸣

五

一见钟情如梦中
相逢相别太匆匆
长空一碧净无尘
归心仍怀园中情

古 诗

我努力想把那些
远古的诗句看清
田间劳作的人群
和气息，浓浓的歌声

芙蓉的女子，摆动腰肢
带着水汽的流动
风中的裙子，起舞
闪烁着完美曲线的造型

古诗，悬挂指端
期待心中女子出现的倩影
她芳容一闪，繁花相映
风里飘动，那么柔美、娴静

脑海一遍遍呼唤
两小无猜，青梅竹马的小令
仿佛又回味寂寞的夜晚
嘴唇翕动，好似复述着心境

皎洁的月光照着
被明朗渲染的一个个古典爱情
其实，那个女子仍在沉思
你却在深深的美妙中重新翻动

寺院钟声（一）

深沉、辽远、厚重
一级级台阶引我攀登
寂寥的钟声，在高处
透骨的寒意在风中放纵

一声两声，让夜沉重
从松林冲出，敲出古老敲出禅境
天籁的波纹在群山回应
谁的耳朵都无法拒绝被充盈

禅师在树叶上打坐
双目微瞑，寂然里修行着悟性
钟声演绎着远山
让浑厚的群山更加孤独，空灵

月明，风清，击钟的
师父在禅意里清炼着一生
菩萨坐在香火里
宁静中，沐浴着自己的心境

我也坐在一片落叶上
在虚幻里，抚摸着秋景
此时，我正小心翼翼地
收藏一段千年不朽的禅声

寺院钟声（二）

夜晚，无声无息
全部的景象都被充盈
半朵云彩孤独则反
谁在倾诉一种内心虚空

古寺，站在风的高处
坐在历史沧桑的岁月中
参禅一棵棵千年古松
经历着风烟的洗礼与撼动

敲击已久的古老经文
呈现出一方千年时光的灵性
沉沉的钟声，穿越时空
熏着游者的心谁又能做到六根清净

谁能做到，谁就拥有宇宙
谁就会拥有空前绝后的空灵
究竟如何修得至纯佛性
钟声里，透彻出一方的清明

声音像至柔至刚的水
洗尽铅华，独坐于时光中
居高临下的佛照
足以使铁石心肠的人胆战心惊

谁把长歌悠扬于群峰
夙愿却沉积为亘古的永恒
击钟的老者早已醒悟
影子在无声地向夜空悄悄上升

品　茶

悠悠的岁月
浸泡着生活的历程
一缕缕淡淡清香
沁人心肺，透彻与清醒

当世风日渐趋炫
变幻的世故人情
一杯杯的浓香
仍无法过滤复杂的情感人生

总想在慢慢的品尝中
找回童年的友谊真情
时间老去了多少风流
世事却总是让人回味无穷

茶，如抽水的干花
总是定格在清清淡淡的水中
在历史的玻璃杯里
让人们用目光去饮去品它的本性

饮绿绿的真
饮清香的浓
在晶莹的美中
体味着浓浓淡淡的人生

人人都明白
几千年的乳腺神经
饮不尽的依然是
源远流长不断的世态人情

踱 步

时间在推动着
我一个人，漫步在
寂寞，幽暗的屋里

没有出门的欲望
屋外，绿了又黄，黄了又绿
岁月中，人们只是过客而已

在寂寞的屋里
如同在夜晚的小舟
姑娘的那首棹歌又轻轻飘起

我想，你喜欢水
河里就有无数的船只
芙蓉就摇曳出一片美丽

时间是一部很深奥的
经典，种瓜得瓜，无疑
省与悟，全靠你自己

在幽静的屋里踱步
时间在渐渐地过去
要出去，方向就靠你的判断力

沉　思

临风而坐，任入身的寒意
月光下，一片恬淡的安谧
风，拍打着三生不愈的疼痛
菩提树下，风蚀的心轻轻飘起

在一片草叶上打坐
双目微瞑，无声无息
恍惚里，不知人生是客
岁月的沧桑让人亦醒亦醉在梦里

简单又复杂的问题
让我想了多少个世纪
飘然的空虚，无牵无挂的
灵魂，在流浪中破月而去

人生的石板上一壶冷茶
引一枚小星，煮我一世的足迹
我即佛，佛即魂，月光下
淡出淡入的我，源于一种禅意

夜 思

当月亮醉入故乡
你双颊的桃花开始绽放
无法启开的那扇小窗
是伤人的风景，无语的惆怅

门外，徘徊的身影
是一夜难眠的孤独与迷茫
灯光拉长的投影
是自己思绪的流浪

宁静里的空气，柔和的银光
寂寞的爱情袒露出黑夜的心脏
温柔的月亮抚过每个角落
让一切团圆事物的灵魂变得安详

今夜，谁会成为我的知己
就像白天，我充满一切的幻想
现在留下的一堆语言泡沫
在寂静的空气中消失在远方

你用纯情目光代替心愿
让整个黑夜串起了一片明亮
我用手指吻你的脉搏
沿着你怀春的愁绪一直跳荡

屈　原

自己一生的一腔热血
化作永不痊愈的内伤
而诗中映出壮烈的一生
如一线穿云破雾黑夜中的阳光

他留下的笔就是一杆秤
虽已远离我们，但依然希望
他的子孙们用太阳的砣
称出帝王黑暗的重量

满怀永思的慈善
他的一片赤诚心愿荡在汨罗江
紧系一个朝代的盛衰
于是，一个敬仰的纪念升起江心上

纪念，远离后宫与瑶琴
纪念，在南国的上空高扬
纪念，由粽叶与粮食组成
纪念，龙舟稻浪燃起粽子的浓香

静　思

夜色中有闪烁的星
迷离的光摇曳在心的天空
静思，独坐
成陶渊明笔下的一种心境
一片幽幽的湖水
一泓深邃，轻轻拍打着心情
沉默的血液
凝结成遥远的回声

这一刻多么宁静
宁静成一幅现代派的写意风景
月色让内心荡漾
轻轻呼唤远方一个温馨的梦

冷漠的月光没有表情
它依然遮不住躁动的心灵
星星制造一千种想象
目光却扯不断距离的心声

此时，失落于一种幽深
与星星的语言触摸冷宫
一百次拨开摇曳的岁月
相信天空无数颗心灵为你跳动

坐在岸边，心静
心静得让人浮想联翩
此时，多想伸出手
捧住那水中的一颗颗小星

窗　前

窗前那朵茉莉
吹着芬芳诱人的一曲
翠绿生长着春情
紫燕低飞，在无声妒忌

青烟袅袅
飘着想象中的美丽
饮过你的忘情水
一个人被淹没在思念里

轻软一笑，让人难忘
你脚步匆匆，充满阴郁
翻开日记，里面
仍有为你写的炽热诗句

浓浓的茶杯中
盛着你温热的回忆
回家的路上，杏花未开
始终没有盼到你多情的细雨

花香揽在斜雨里
轻轻把我的小窗叩击
淋湿我七彩的梦
心感到从未有过的一种压抑

寂静如你紫红的沉默
在那个飘雨纷纷的时间里
我超越了你给我的痛苦
骑上黑鬃马，惊醒天边的云翳

当青春的微笑流浪褴褛
用黑衣裹紧我闪亮的胴体
溘然熄灭的烟蒂不再苏醒
送来丰腴的温暖和膨胀的安谧

绵绵细雨泡着喧嚣的梦
在檐上滴积，幻出惨白的空虚
飘落的残叶摇出一片凄凉
我依然固守着你给我的回忆

树 下

静静地坐在这里
山显得孤独冷寂
绿色的手牵动思维
期盼如约而来的汛季

山总是以某种方式
契合命运阐述思绪
坐在树下
左顾右盼，寻找记忆

如归巢的暮鸦
动人的情节突显这里
落寞寂静之中
一条小路早已被人忘去

许多人都这样生活
不论是歌唱还是哭泣
年复一年心中的干竭
却总唱着润湿的歌曲

飞翔的春天，没有
具体的名字，把翅膀收起
日子的羽毛渐渐远去
我再也飞不回童年的树丛里

我把自己留在
这个充满抽象季节的气息
轻唱一首心歌
然后，欣赏幻象中的花朵美丽

落在哪个枝头
翅膀在飞翔中划过天际
在想念春天的上空
我把内心零乱的思想轻轻梳理

思　念

阳光暖暖地泻在地里
风，从远方醒来把残叶掀起
那柔软的呼吸双鬓浸透
潮湿着丝丝缕缕的凉意

散发着记忆的冷气
淹没不了故人的信息
坐在词语般的风中
参禅一株树经历烟雨的洗礼

芳草萋萋，掩一行
出发时故人留下的足迹
静寂的午后，我在风中
似一只倦归的小鸟看云起云落

在时间的流动里
寻找与你共振的频率
多想追赶你的声音
细听你急促均匀的呼吸

熟悉的槐花清香
是彼此相识的私语
一起经过的景色
终于在风雪交加的黄昏变异

那夜，无情的寒冷
濯洗着我们难言的心绪
也成为你我
今生最深最冷的痛心痕迹

思念把我纷乱的思路梳理
杜鹃是我的心境，一声声啼得清晰

渴望期待与太阳一同升起
让落叶不再扯痛我沉重的回忆

想念

白天悄悄从我眼前溜去
寂寞重新聚合成时间的主题
而你的影子，依然
趴在我忧郁的房间里

想念结出无限的牵挂
渴望的鸟儿衔一支歌曲
在荒芜的日子
种满绿色的童话与惊奇

我不敢打开门，不敢
以我的手指深入你的思想里
一片梧桐叶，栖上
我的额头，开始生长失意

想念是一片清亮的小溪

夜晚长出蛙鸣，映出月亮的清晰
许久没有人前来打扰
只有空荡的心事高高悬起

从静寂的山坡上走下
开始体验石头骨骼被岁月的洗礼
将无尽的日子磨得清瘦
和面对一层层灰尘与寂寞的叹息

想念如三月的节气
桃花开了，面向一个生日的美丽
被岁月默许的眼睛
把旅途的迷惘照得清亮明晰

雨　中

假如你的声音在风里
能听到，我不会漫步在雨中
问题的关键是雷鸣之前
一切空茫的虚幻让人无法看清

从第一个雷声开始
秋天的脚步就敲打着我的心情
更多的秘密已打开
在雨里谁会与我并肩同行

如果这些让人失望的场景
都是无法拒绝的命中注定
就像我可以拒绝仪式
却不能逃避必经的人生旅程

风在诠释着苦涩与甜蜜
没有人像我这样情深意浓
感受你的一片柔情
就像秋天赶来细听你的心声

搭在眉睫上的水滴
在我的步履足迹中闪闪跳动
伴着节奏的雨韵
夹一把油伞步入现实与梦幻中

冷

深秋，喧嚣已渐平静
又响起你甜蜜的歌声
你是一株迟去的荷燃烧的火
在为青春的蓬勃注解着真情

见到你，就又见到
红荷在火焰中灿烂的盛景
你的妩媚生动得让人感动
就是一团艳艳的火苗涌动着人生

此时，我寒冷的心绪
渴望温暖，尽管路长风雨兼程
你邀请十二个月的车轮
与大自然的美好签约一场憧憬

仿佛激情的浪花
有一种自然的回应
时时倾吐，又难以
抑制无法拒绝的心境

其实，有人在一夜间
掳走了繁花万朵的壮观美景
无法抵抗、跨越
千山万水奔袭的寒风

你用盈盈的泪水打动我
用多情的翅膀飞进我的心灵
我忽然领悟到，我冷
是因为缺少这团火焰的充盈

给　你

黑发散乱，憔悴的你
淡淡的心情
把黄昏剪成孤独的忧郁

把灯花挑成茕茕的落叶
那双黑宝石样的
眼睛，不再莹莹地闪耀在天际

余晖跳动在我的眉上

一首小诗，如鸟群
在天空的宣纸上书写挥笔

我的眸子在寻找
在寻找那
百媚一笑生出的异样美丽

睫毛闪动，如两叶
天空飞动的羽翼
站在生活上面
披一件向日葵般的薄衣

我想，我应是一圆明月
让淡淡的银光照出你内心的秘密
放大你的迫切渴望
把时间卷成褶皱的心铺成欣喜

把冬天比喻成仙女
你的寂寞是那样的美丽
开在你唇上的那个吻
仍在苦苦的相思中轻轻战栗

冬日的飞雪，在
我们夏日的传说里延续
那种感知的美好
让雨季也灿烂出年轻的朝气

真的，我该是一弯新月
照在你未开垦的那片处女地
在坎坎坷坷的心境里
耕耘我们未来的一片天地

为走近你

如一匹不停的白马奔腾
终日孤独地朝着方向前行
而季节的风总是沿着
我的窗扉击打，一声连着一声

紧紧牵引着美好思念
亦托着一阵阵内心的沉重
像夜晚天空的一颗星
总是闪烁在我沸腾的心中

夜，扛一个弯弯的月亮
风蚀的心在轻轻地飘动
日，顶一轮圆圆的太阳
让惊诧的生机充满激情

绕过山梁，越过海洋
在风浪中我是没有淹没的沉钟
在中世纪的花园伴随着
被敲打着骨头临风而歌的日子中

为了走近你，我没有
放弃信念，鲜花和歌声
我的气息在接近你的花园吹拂
而你又以惊喜把我热烈地接迎

时　间

跋山涉水，越过高原
我们的肩上流动着时间
在云与鸟的陪伴里，心叶
在无限的天籁把生命追赶

风，从时间的缝隙里
吹过萧萧的易水河畔
用雄壮的和声走出一个叫
《诗经》的带有国风的男子汉

从李悝与商鞅的驿站
踩着乡间的小路和企盼
走出如此风光，呕心沥血
这摧枯拉朽的气势足足走了两千年

风，很古典地吹过《楚辞》
唱过李白与杜甫的快乐与苦难
唐诗宋词也翻山越岭
千辛万苦地走到了今天

时间，总是在酝酿一种
心韵，很有节奏的沧海桑田
扫过人迹罕见的古楼兰
用母语写着史诗般的壮丽江山

秋雨（一）

在一片叶子上坐禅
双目微闭，寂寞无声
雨滴已满，清凉无情
风几次前来，谁也不再回应

一夜之间的一场秋雨
一个燃烧的王朝没挡住秋风
千朵盛放的季节，倾覆
国风酿出一段离愁的残梦

水面上最后一片落叶
是去年掉队的那个雁儿
九月，第一场秋雨
让迷途的孩子找到回家的路径

信笺是粉红的，秋雨
与冷风深刻了故事的内容
在命运注定中开落的叹息
一片落红与水的心脏一起跳动

姑娘，请你在北国的
最后一次执手的古典中
用轻罗小扇挽留
秋末里最后的几滴流萤

秋雨（二）

在入凉的秋雨里
荒凉直抵我的心底
一首诗的许多语言
像一只孤雁打捞着昨天的失意

在这无声无息的雨中
加入最后情节的是这支笔
我站在落满雨滴的窗前
雨的韵律在我的心灵不停拍击

我在秋雨中写诗
笔下的句子让岁月沉默不语
我的情愫总是与雨有关
以起伏的频率接受优美的冲击

落在脸上的雨点清凉
深秋，我在感受一个季节的洗礼
眼前与前面的十一月
谁又能丈量我与入冬的这段距离

让风在流动中沉默吧
让岁月越过那个寒冷的冬季
我的笔像雨点，穿行在沉思
然后伴着旋律分娩出动人的诗句

竹　韵

院中的竹子
自古就有名气

惹得刘禹锡
一气呵成竹枝词句

“东边日出，西边雨”
恰是情歌生长的时期

多少年来，几多有情人
被搅得如醉、如痴、如迷

夜 思

驿动的心
在浩茫的涅槃上
上升着梦般的欲望

头枕一汪清波
期待东方的霞光
渲染着寂寞，惆怅

在无边的水里
在子夜的背影上
我是一只鸟，横空飞翔

夜

晚霞像火一样退场
不知安眠在什么地方

家乡那盏伴过
长夜的灯，越来越亮

把夕阳烧过的夜
渲染成寂静、安详

此时，我感觉是一支烛
在夜风中，摇曳着想象

定窑遗址

我站在村头，历史的今天
遥望远去斑驳的千年
月光，古远的意象朦胧
透着定窑文化的辉煌诗篇

我穿越了沧桑的岁月
用一颗虔诚的心打开天窗的一天
路过的身影，嫣然一笑
孤独在黄昏启程追赶昨天的驿站

先民踏着原始的跫音
潜入历史河道著一册长卷
用本能的翅膀
驮起风雨云烟及遥遥的梦幻

风吹着时光从遥远地带
铺出一条通往文明命脉的路线
用联想与认知编织凤凰涅槃
于是这里便现出思想与历史文化的灿烂

一只古花瓶

在光亮与水声的波纹中
从高温的烧炼中放出光芒
永恒的时间伴有水声
古老的眼睛仍有不改初衷的明亮

往事已被火红烧白
因此，柔和了曾经的沧桑
一段段繁荣的古道
无数的光滑线条在流动歌唱

在西风瘦马中
寻觅一方冷色调的空旷
朝花夕拾如过眼云烟
一抹青色的斜影暗示了缓慢时光

流动于凝固之中
莞尔拒绝一切烂漫的辉光
仅以一点清白的灵犀
与悠远之心相映，不把距离丈量

让女子与鲜花尽放纯情
在古道串加上故事情节的篇章
让自己的高雅谱成曲子
在流动的岁月里起起伏伏地弹唱

奶　茶

草原上，气爽风清
马头琴起伏着辽阔的心声
一碗奶茶，洒向草原
溅起一方淳朴的风俗民情

千年的月色哗哗
流动在时间的历程之中
奶香，从历史深处浮起
孕育一种豪放文化的生成

点下历史的这个标点
骏马的蹄声，踏响草原的上空
一碗洁白的奶茶一口芳香
润泽一个美丽的传说在这里诞生

一碗远古醇厚的奶茶
滋养出一片奔放彪悍的豪情
整个的辽阔草原
肥润着你一直诱人的美名

走进草原

就这样，你我不期而遇
都用明净的目光久久相望
我来到你的面前
就如走进一个神秘传说的地方

你的纯美感染着我
没有钩心斗角的暗算中伤
令我心静，令我坦荡
毡房飘出的炊烟也是那么安详

我解开衣扣，敞露胸膛
向你做一次成熟的表白
紧紧抓住你绿色的手
徜徉在没有干扰的辽阔牧场

我向草原深处走去
歌声悠悠扬扬地飘荡
那双豪爽的眼睛告诉我
这里就是让你永远怀念的地方

草原上

沿着祖母嘴边的童话
沿着毡房袅袅飘动的炊烟
苍鹰留下一片宁静
黄昏，马头琴在远方弹出心弦

一缕幽魂化为一双慧眼
我的思绪流向空旷的苍茫蓝天
披一身沧桑，立于风中
穿过群落的封闭与庄严

沉默不语的月亮
在天街走得不紧不慢
风蚀的心，轻轻飘起
静卧，细听月色朦胧的变幻

流动在风中干净的野鸭
湖上最早绽放的睡莲
一下猛扎入唐诗的意境
含蓄地把诗意的韵味伸延

宁静的心接受空灵沐浴
繁星潜入我独有的一席之间
白色毡房，让草原萌动
几千年以来朦朦胧胧的灵感

在草原上

骏马在草原上奔腾
绵软的草地旋起一阵狂风
带着一身好奇的春芽
唱出一片动人的歌声

辽阔的草地，我似
一株小草行走在草地中
阳光抚摸着软软的草滩
我的黑色睫毛，不停地闪动

一朵朵鲜花在绽放
袅袅的炊烟在毡房上移动
怀抱日光与马鞭的春色
把一个季节的颜色涂改变动

三月，鸟声簌簌
落入时间的一片草丛
我觉得自己也有了
青草味道并带着羊羔的鲜腥

几千年岁月洗亮了晶莹
一支古老的马头琴弦声
点燃了一份真诚的祝福
一代代的欢笑，都在落英之中

夜的草原

夜色依如我浓浓的沉默
无垠的思绪茫茫无边
一颗星星坠入草原
溅起一片粗犷的歌声

一碗碗浓浓的烈酒
耸动起原始的豪放与狂欢
在醉意中进入一种境界
篝火就是辽阔草原的宣言

今晚，星星格外明亮
雌性的火焰依旧熊熊烈燃
你把星星与月亮一扫而净
把沉闷叠好，放在西天的一边

此时，在沸腾的草原
灵魂如饮月，销魂一片
情思雄浑的辽阔大地
燃一脉红红的火焰，迎接明天

草原的花

草原上的花
绝对地向日开放
默言沉思，屏息聆听
草原这浑厚野史的放荡

绿色的大地弥漫着灿烂
七月的渲染，绚丽映着阳光
会心的微笑尽情地舒展
日子在狂奔的野性中明朗

你若哲人，熟虑深思
视骑手彪悍的雄性豪爽
草原延续着原始路线
季节的风景在心灵中歌唱

清爽的凉风
吹来奶茶的醇香
脉脉的花朵
感知一种逆境中雄姿的激荡

纵横千里，行走在草原
缄默冷寂中，孕育大自然的狂放
几千年的风雨历程
依然闪烁着太阳的光芒

找寻曾经的骏马

曾经火焰般燃烧的热情
奔驰中扬起一阵阵的狂风暴雨
面对一片寂寞的空旷
寄托我梦中跃向悲壮的嘶鸣

几乎忍不住泪水
耳朵贴在草尖静听飞奔的蹄声
曾经辉煌过的骏马
让我怎能不为你的勇猛歌咏

寻找一匹奔腾的骏马
在天与地相接成一线之中
和冷峻的雪峰相峙而立
阳光的热烈烤得我情感浓浓

在曾经驰骋过的大地
放下了奔跑，变得一片寂静
就像血液从喧响到沉默
被云掩埋，似乎不再与命运抗争

谁的肖像在风中歌唱
谁在追寻骏马奔驰不息的魂灵
毡房飘出的炊烟
如腾空而起的骏马又开始了奔腾

草　原

天与地亲吻的地方
云与人相拥的地方
不沾一粒灰尘，不生一丝杂念
你呀，地阔天低令人无限神往

马头琴以罡风为坐骑
在云之上，在梦之上
为完成生命与轮回的使命
在辽阔的秋天锤炼着翅膀

欲饮的骑手冷峻英武
几碗烈酒，添几分豪爽
一部民族的历史在马背
于雪山上著就一段不朽的篇章

天苍苍，野茫茫
风吹草低见牛羊
牧歌欢畅，旋律悠扬
高路在云天，日月共辉煌

晚，草原

剪一段毡房飘出的炊烟
备一顿香甜可口的丰盛晚宴
最遥远的风声带来气象
让整个大地感到惬意与浪漫

茫茫的辽阔天空
一弯皎洁的月牙挂在天边
忽然唱起一支曲子
写满牧人的真实人生

跳跃的篝火飘着茶香
温暖整个苍凉的草原
踩着祖辈留下的脚印
把身心交给养育人们的大自然

姑娘递上一杯醇酒
一种圣洁的情感充斥毡房
哼一支古老的歌谣吧
一个不眠的晚上醉倒整个草原

骑手的明天

从辽旷的绿色草原醒来
大地回应着远方的呼唤
吞下夜里的所有寂寞
拾起疲倦而又明亮的双眼

他要去一个遥远的地方
那里有小夜曲带来的愉悦狂欢
他想在那个理想地方
带着童话去实现自己的一个心愿

凭着钢一样的坚韧
终于越过了死亡阴影的梦魇
用绿色的语言唱起了
百代千代草原人们的共同信念

绿海的黎明推出旭日
心中神圣的处所升起了烈焰
在古铜色的沉思中
为明天开拓出一条不朽的路线

山峰般的身躯溅起绿浪
带着草味的风韵翻译着画面
在二十四节气狼烟的重叠中
浪尖上，推出一轮崭新的明天

草原骑手（一）

在辽阔无际的天空
心的鞭梢指向远方的旅程
温暖过历史冰凉的身躯
此时，变成令人肃穆的敬重

阳光在草尖上闪耀
金色的旋律在无声地流动
如剑的目光伸向远方
盘旋的苍鹰似天空的精灵

远方的风景吸引着骑手
恣肆放纵着一种久盼的心境
歌声乍起，苍凉的古曲
传递出故人斑驳的回声

远方的去处遥遥无期
永恒的信念燃烧着热情
一双沧桑之手如何在明天
叩响锈蚀斑斑的风铃

暮色里，无边的草原
不熄的篝火彻夜通明
拥着忠诚的骏马
渐渐完成草原上醒目的路标造型

草原骑手（二）

绿色波浪起伏着歌声
阳光闪闪映着远处的雪峰
浑身沾满花草的气息
兴奋地去读流云的韵情

把持着情绪起伏的节奏
心意在绿浪花海的上空飘动
扶鞍而立，在茫茫中游弋
刚健而豪爽的雄风在嘶鸣

难得这样舒心的季节
内动的古朴溶入血气之中
草原不厌其烦地叙说
从没路的地方走过就是一片风景

古老的歌谣千年不绝
苍凉而亲近地翻译着花草的灵性
歌声弥漫，诱人的曲子
柔柔如水，剑胆一直逼向英雄

心路遥遥，世代不变的方位
骑手在腥气密布中紧握缰绳
驰骋在心定的目标路上
潇洒的蹄声踏出一片壮观风景

草原骑手（三）

飞奔在草原大地
心弦弹奏着五彩的云隙
手中的缰绳紧握
蹄声踏出一片醉人的新绿

太阳映着你沧桑的面容
健壮的生命像鹰爪一样有力
无数次的坎坷当风吹过
你自豪地诉说着再生的奇迹

你是草原多情多难的脉搏
时刻都跳动着广阔的风风雨雨
太阳走近暮秋的黄昏
你却带着火辣辣的寄托迎送夕去

你来自古老的湖泊草地
你来自茫茫的高原雪域
你纵马飞奔，夕阳下
矫健的雄姿潇洒地甩向天际

一匹彪悍的烈马
四蹄沾满西天的流沙风雨
鬃毛卷着远疆的云烟
像归来的游子驮着万卷书籍

无畏的汉子跨在马上
宽广的胸怀，容纳着山川大地
岁月悠悠，古道漫漫
骁勇的豪情托着草原岁月的悲喜

一切都驶向无言的遥远
黄昏后的马头琴又隐隐地响起
历史的画卷隐现在天际
你如闪烁的图腾充满着无限魅力

草原骑手（四）

一声长啸牵出一片空旷
黯淡瞳孔收回了苍茫的远方
膂力与栗色的鬃毛飘出疯狂
一串响蹄，把茫茫的草原踏响

风暴抱过的缰绳紧握在手
骑手，如同苍鹰在天空翱翔
一壶甘醇的奶茶篝火上沸腾
暖热了草原岁月的寒冷与冰凉

金莲花的开放灿烂了阳光
古老的牧歌长调醉得悠悠漫长
毡房，如闪烁的晨星
勇敢的骑手横扫了风暴的猖狂

晨风在热茶中摇曳着牧场
歌声在金色的季节飘浮中忧伤
骑手，裹着远古的长风
在滚滚的沉雷中撒蹄在草原上

草原骑手（五）

在风雨中奔跑的草原
查干花舒展着一张张笑脸
装一壶烈酒
从毡房扯出一根长长毛线

织一片草原的清新
牵动天边云彩的变幻
风吹起他浓浓的长发
牧羊姑娘的歌声甜润缠绵

季节的鹰在上空滑翔
牛羊在水边是那么的悠闲
勇猛的骑手呀，心中
弹奏着五彩的云朵、辽阔的草原

心与大地的脉搏同跳
劲蹄踏出的画卷在天边呈现
没有了戍边将士的战袍
没有了醉卧沙场的呐喊

牛羊是草原的歌声
花朵是毡房的爱恋
蹄声踏出了人生的悲壮
爱是追逐太阳的坚贞信念

牧马人（一）

四月，我在草原上
暖风与湿味的气息让人舒畅
所有熟悉的花草都以自身
独特的形式和我保持一种亲切模样

蓝天、绿草、白云、牛羊
赋予目光更多的自由与飞翔
几经词语与情感修饰的阳光
以其无可比拟的光芒把内心照亮

随意举起斟满的酒碗
阳光在草尖上莹莹地闪光
牧马人雪山般冷峻的面容
与风一起抒发着英武与豪爽

世代没有走出草原
既生长着快乐也生长着忧伤
既接受诅咒也接受赞扬
以无声的沉默化解一切时光

经年在草尖上飞奔
马与酒撑起生命的桥梁
把整个草原斟满缤纷
醉倒一部民族奔腾史的沧桑

牧马人（二）

当朝阳从东方上升
他沧桑的脸上严峻、生动
深邃的目光放眼远方
虔诚地迎来了又一个黎明

豪放的草原辽阔无际
风吹，一生都感到温馨与激动
艰涩的生活富有营养
嫩草的呼吸，滋润着一种心境

站在肩上的猎鹰
衔一缕霞光，固守着宁静
明亮，锐利的目光
神秘地注视着变幻无常的天空

一片苍茫与恬静
每一瞥都是那么意蕴和丰富
阳光跳跃在花朵上
仿佛辉煌的旋律在无声流动

尽情享受每一寸时光
正如珍惜每一个记忆的梦
他那诡谲与多变的内心世界
无时无刻不在交织着欢快与沉重

每当赛马会隆重举行
他渴望的心就会立刻沸腾
让心爱的骏马跃起
飞扬在辽阔的草原上空

有力的手抖动着缰绳
卷起蹄下的风沙百层、千层
纵然道路坎坷难行
心仍像一轮红日，不停地奔腾

牧马人（三）

以不曾败北的姿势耸立
摇晃着身躯，挥动着手臂
落在脊背的太阳纹丝不动
以深沉的目光孤独地注视大地

辽阔的草原在未醒的梦中
他与骏马早已扯起东方的晨曦
生命在这一季节经受检验
世界交替的过程，亘古不移

一双黑白分明的眼里
融合着一百个天地重合的朝夕
抒情的曲子在草尖飘起
燃出一段缠缠绵绵的记忆

豪饮一碗碗浓浓烈酒
目光里闪烁着沧桑岁月的风雨
他心中的向往只有飞驰
让时光的云烟把清纯的灵魂洗礼

牧马人（四）

你血管里流淌着奔跑的野性
灵魂里浴荡着深沉的厚重
黎明迎来你的起程
洒满道上的是豪爽古老的歌声

驰骋在辽阔的大地上
驶向茫茫的绿浪之中
风暴般的马群驮着你的梦
在马背上生息，在马背上憧憬

古老的太阳是毡房的屋顶
屋顶上袅袅地飘着炊烟的平静
马头琴依在岁月里
摇曳的心旌，印满绿色的神圣

你一生奔驰在草原
挣脱了套马杆划出的沉重
沿着没有完成的心愿
去播种你那不息的步履历程

牧马人（五）

沿着飘扬的鲜花眺望
灵魂在草原上奔跑激荡
牧马人一头乌发任风撩拨
蹄声踏着绵绵古歌的苍凉

顺着野性的辽阔奔跑
让风在心中把信仰的旗帜高扬
飞驰在茫茫的绿色里
昨夜的篝火把他的内心燃亮

一群烈马奔驰在草原
驮着祖祖辈辈祈祷的憧憬与向往
彤云飘移遗下一片彩色空白
空白衍生出的故事让人充满渴望

琴声在夕阳里起伏流动
牧马人把内心的情感放在弦上
在母性的草原，放纵的蹄声
把世界渴望的眼睛擦亮

骏马（一）

驿动的心，在辽阔的
广宇上升着欲望的梦
晚风的残月里
草原情愫的醇酒香浓

忽然，飞驰的马蹄
踏入我荒凉旷野的心境
驮着我低沉的诗心
衔起太阳的灿烂驰骋

牧鞭的清脆回响天空
夙愿却沉积着昨天的憧憬
蹄声呼唤着春雷滚过
焦虑与期盼迎来了雷鸣

雨，让厚厚的日历
软绵绵地潮湿着心情
一阵风吹来，借着太阳
让生命的本质显得更加透明

猎猎长鬃，傲然飘动
闪电般掠过飞腾
凌厉又骄矜在草原上
是为了抵抗岁月变化的无情

骏马（二）

草原的骏马
从几千年的历史起程
穿越了风雨，穿越了尘埃
马蹄飞扬着无法表达的激动

我沉醉于辽阔之中
毡房煮奶茶的炊烟袅袅浓浓
兴奋中凝视着眼前
那些奔跑的梦和它们的幻景

飞奔的语言是一种自豪
掀起身心的自由与空旷的意境
在一种布满甜蜜的醉意里
一方清新，滋润着我的魂灵

向着人们想象的路线奔去
内心的海洋充满了激扬与奔腾
在马头琴里起舞飞奔
阳光把草原燃成金色的憧憬

骏马（三）

在辽阔的草原上空
聆听一匹烈马飞跃的长鸣
跃向悲壮的蹄声
寄托在我思绪奔跑的梦中

远去的可爱骏马
我用心追寻你飞奔的俊影
在初春和煦的风里
就像火焰失去了燃烧的激情

鹰在蓝天悠闲地挥舞着翅膀
丝弦让琴声越过高山与峻岭
骏马放弃了奔跑，如
闪电戛然而止，不再与命运抗争

在它蹄声响过的地方
怎能不为它留下的壮观吟唱歌诵
毡房飘出缕缕炊烟
我看到驰骋中托起了不息的魂灵

骏马（四）

风从远方吹来
柔软的湿润带着清凉
是谁在风中独立
看云起云飞的变幻无常

一匹骏马忽然踏来
急速的蹄声敲打着忧伤
承受着岁月无情侵蚀
依然以凌云的姿势笑傲沧桑

扬鬃奋蹄，披尘踏月
在生生世世的途中追逐渴望
地阔天低，斑斓摇曳
草原如海，百花飘香

风掀起一湖涟漪
蹄声拍打着梦中的遐想
它驮来一片湿漉霞光
为整个草原披上金色的衣裳

草原的琴声（一）

浑厚的旋律那么沉重
从沉默的草原起伏流动
从草尖的晶莹跃过
与风的波纹掀起亘古的涛声

飞向空中的星星雨
砸响宁静月亮的清明
从牧歌中抽出一根毛线
就可以编织草原上的春梦

我站在无际的空旷中
这时，一些光亮胀满弦声
在我无法表达心情时
滚滚涛声叙述着河水东流的万古风情

今夜的月下没有行人
没有跃栏马群的奔腾
只有波涛碾过零乱的月光
从古远的生命中穿行而过一刻不停

一阵兴奋，一阵疼痛
最遥远的涛声带来苍凉的图景
写下也曾有过的浪漫履历
让心的渴望在如醉的梦中苏醒

草原的琴声（二）

根根细长的琴弦
饱受着沧桑的云烟
仿佛波光粼粼的静水
让我接近纯粹，感受风年

在走近一把琴时
我知道夕阳微笑着与它交谈
在根根细弦下
就是她庞大的花园

在接近天空的最高处
阳光和着琴弦将草原弹得正欢
一匹马突然停止了奔跑
热血也从喧响中归于沉眠

谁的倾诉飘在云间
蹄声的空灵敲打着辽阔草原
心如此巨大可包容万千
却无法藏住一段忧伤曲子的感叹

琴声，触摸着想象的火焰
心房的那一弦经脉也引起共鸣合欢
时光摇着奔腾的风掀起记忆
一个个倾诉的音符将信息带向明天

草原的琴声（三）

哪一次弹拨都让人感动
娴熟的指尖让人如痴如梦
草原上，月光下
当心音颤于弦上，让人着迷痴情

月近照，星远照，马头琴
在辽阔清静的境界中奔腾
起舞的花朵被琴唤醒
夜晚的草原一半现实一半憧憬

踩着旋律的一片花草
使生活领悟到咸涩与晶莹
心情是一种颜色
夜风吹出我一片蓝蓝的心境

乐潮摇曳，欲望萌生
最深沉的热血开始涌动
弹指间，一个世纪的风云涌来
流动着一种典故，一种激情

一个生生不息的草原文化
潺潺于一曲曲欢悦的旋律中
面向世界的那扇门，灵魂
总在弹奏，语言在灿烂中永生

草原的黄昏（一）

草原上的夕阳
在马头琴的弦上跳荡
一只苍鹰
在绿色方言的上空悠闲飞翔

平平仄仄的查干花
韵脚，跋涉着酸甜苦辣的时光
马尾扎成的弓
牵出绿浪中奔驰蹄音的回响

一个离人的背影
蹒跚在幽幽的弦上
草原的黄昏
让我把身心交给大自然与想象

沧桑的指尖，在弦上
摸索着人心与世道的温暖与冰凉
晚霞的私语
把最抒情的那个高音挑起高扬

方言，爬上岁月的唇
琴弦扎下的情结指尖能否弹响
弦与情丝纠缠的颤音
是比人生还要漫长的时光

草原的黄昏（二）

余晖把梦幻的草原
燃成金色的憧憬
蓝天从草缝间降落
顺着来路，种植传奇的人生

晨起，暮落永恒不变
太阳在天街留下无奈的背影
让草原萌动着
几千年以来的灵感，朦朦胧胧

永恒信念的雁阵
披一身沧桑，徘徊在风中
让低头品草的牛羊
一头扎进唐诗宋词的意境

此时，我倾听一匹骏马
寄托在我梦中的嘶鸣
带来一片草原的心跳
与节奏激扬的韵律击打蹄声

相　遇

这一年的七月天
我们又相逢在荷岸边
整整走了一年的光景
今天又一次幸运地相见

当你用温柔的姿态
完成一个甜甜的微笑瞬间
我发现，美丽的眸子挂着泪花
说明久盼的爱恋被风吹干

远方默默飘动的彩云
在装饰着水乡温润的语言
梦中的浪花追寻着诱惑
同时，也打湿你苦苦煎熬的思念

那天相遇是一个清晨
泪如露珠，霎时被霞光映得闪闪
傍晚是唐的诗句宋的词
经受着世纪风雨的无情考验

也许一切都是童话
爱的双桨不能荡起心中的航船
这只是心中的可望而不可即
你深深地聆听我用泪水泡着的炽热语言

我说，我只是你一生中
可感可现，却永远无法抵达的彼岸
默默地相逢，再默默地分手吧
风雨路上命运设计的不是这个驿站

你

你是一朵嫩嫩的荷
悄悄地飘在我的身旁
那艳丽而高洁的气质
带来一阵阵的蓬勃与清香

青春诱惑飘逸着诗情
静静地衔起皎洁的月亮
隐秘的激情在温柔中涌动
羞怯与矜持抒发着想象

美丽的小脸漾着爱恋
长长的睫毛尤物般轻扬
于是，世上所有的光亮
皆被你令人陶醉的魅力收藏

你是天宇最光彩的星星
在我的心中留下永恒的光芒
如今我又来了，你在哪里
空寂的荷旁，只剩下一片清光

桨 韵

一条条
由近而远，弯弯曲曲
水面上书写着
一行行，一段段诗句

仿佛，一种激情
在自然地需要一种心绪
想倾吐，既难以
抑制，又无法抗拒

一株荷
融入你的心里
丰盈着岁月
也陪伴着你

叶起叶落
迎风化雨
用它的生命
为你的时光点缀着美丽

渐凉的秋季
让人的心透出一丝凉意
它用一夜的好梦
为你带来火焰的消息

习惯了的思维
穿过以往的熟悉水域
一路风雨兼程
用重重叠叠的足迹
在水制的宣纸上
书写出一段段沧桑的履历

采莲姑娘（一）

沿着一线神秘的诡谲
越过眼前的一片迷茫
船上一缕怀春的缠绵
让贮满心中的情恋绽放

冬天造成的痛苦失恋
岁春的潮涨唤醒情爱的向往
薄如蝉翼的光辉
呈现出你春情的涌动与膨胀

你丰盈如歌的年龄
正接受生命礼拜的祈祥
你的目光，那么湿润
就像金色箴言伸向无际的远方

飞越心事重重的岁月
纯洁的季节让柔情闪光
贴在你脸颊上的心情
在绽开芽苞的时节迷茫

为了孕育蓬勃的花季
踏着匆匆无情的岁月时光
为种植的思恋与渴望
用一生的纯情为爱而唱

采莲姑娘（二）

我知道，其实你
比“林妹妹”更有灵气
但，你从不会炫耀
溢彩流光中隐含着神秘

在荷莲间度着时光
蓬勃的青春为大淀增添了魅力
蘸足想象的淀水
心在水面的宣纸上勾画着神奇

画作里，有蓝天白云
也浮动着一片花香鸟语

从宁静中放大光明
陶醉的目光，让心激动不已

你把大淀当作“家”
总在闺房里构思着春情的信息
一只小舟在纯净的岁月里
总是在表述着你内心寻春的轨迹

白天，太阳与你做伴
夜晚，你搂着月亮清静在梦里
忽然，荷花盛开，你知道
这仍是绿叶对根须的情意

采莲姑娘（三）

水面玻璃般明静
阳光熠熠无数金片闪动
姑娘摇着双桨
划过眼前，划入莲蓬

七月洒满阳光的季节

成熟的时刻，成熟的春心萌动
比水更柔软的是云朵
让你的情感飘在远方的桨声

穿越雷电，穿越风雨
心的根须依然紧紧扎在水中
把朝霞系在岸上的家
把风雷拴在北方的天空

又是黄叶荷浓的秋天
炊烟从远方的屋顶上升
采莲姑娘用船与桨
采收着自己酸甜苦辣的心境

西边落日，东方日出
两盏灯照耀着你的路程
岁月流程走过风雨阳光
用桨写着浪漫的履历人生

夕阳的淀

夕阳泛起热情
七彩的绸缎耀眼而闪动
静止的浪花仍描绘着飞溅动态
美丽的瞬间开始于永恒

安谧沉寂的平静
回忆着五千年历史坎坷的路程
或是泣诉，或是畅想
情思穿越风烟尘迹燃一脉殷红

小舟似长空的鱼鹰
归来，由远而近缓慢如灯
连爱都显得那么朦胧
莫不是那口低语的古老禅钟

柔软的水面铺满晶莹
船依旧钟情，水依旧钟情
岁月的淀水给我一份温馨
浑然天成的美丽凝固在我心中

沉默的淀

此时，变得沉默不语
准备在黑夜中暂度一段安谧
黎明醒来，我站在船头
一头浓发，任凉风撩拨梳理

醒来的你，一片清新
我想问你一夜间你在思索什么
你想告诉我什么，你的表情
让我明白，我已经读懂了你

我独自驾舟在水上眺望
一只芦雁忽然从水面划过天际
此时，你不可抑制的活力
将一腔的火焰又要烈烈燃起

风把浮萍轻轻摇曳
我敞开胸怀，让温柔的风亲昵
晨光燃亮小舟，燃亮眼睛
还将把一天沸腾的大淀燃起

早春的淀

仿佛沸腾之后的短暂休眠
激情浪花之后的宁静致远
岸边野花灿烂的水乡
我摇着如歌的双桨踏在你的心弦

独自而行，水清天蓝
澄澈安宁，接受着阳光的热恋
忽然水面划过一只芦雁
一种圣洁的博爱盈满我的心田

悠悠桨声，如绵绵琴弦
旋律沿着水面飞向天边
恬静中顺着生生不息的梦
划向明亮纯朴诗歌的风景线

水乡的绅士，淀边的紫燕
衔着宁静，牵着荷的灿烂
盈盈的翅膀把心带向天空
晶莹的水花溅起我灵魂的浪漫

我真想用淀水煮壶新茶
让嫩绿透彻肺腑，滋润灵感
然后，打开唐诗或宋词
随便朗读那一页的春天

荷中听雨

在小舟上听天空私语
风音的心轻轻地飘起
心泊于闪闪的水面
任我的目光为桨慢慢驶向荷的心里

昨夜的梦与幻景
动摇着我起伏的思虑
云中的闪电在挑衅
心灵的火焰浪漫着天际

我踏着雷鸣，迎接
绿叶红花静候来临的丝雨
尖尖的花瓣如红唇
每次轻触都把我的想象燃起

在虚幻的水面上
雨丝诗一般浪漫着我的心绪
风停雨去，彩虹高悬
荷莲在悄悄交流着内心的惬意

芦雁的翅膀打湿我的双眼
它用飞翔的文字为我注解神秘
我忽然领悟到了
历史在曾经的语言里找到了自己的归去

秋日观荷

踩着古典的优雅诗句
我来到深秋的心脏里
这痴狂的火焰还在燃烧
顺着一条有霜的路悄然驶去

一切隐情都走向极端
刹红刹紫的幻影从热烈归于沉寂
严寒袭击着活跃的生命
心灵的广场潜藏着水中的秘密

无端风雨，无端浪游
仍无奈这最后呈现的强大香气
禅心从冷色中牵出渐悟的古意
一幅水墨丹青淡入我的视野里

努力看清那些远古的诗篇
想象曾经纯洁芬芳的壮丽
感受了你的热烈之后
总有一种灿烂辉煌的醉意

穿过一阵阵寒冷
我看到你将爱绽放在叹息里
岁月的流程走过雨季
我用折断的桨写下曾经浪漫的履历

淀　水

这种物质的细腻与晶莹
很久以前就聚拢在水乡的心中
像艳丽的鲜血
滋养并孕育着水乡的生命

它踩着荷莲与苇叶
与始祖鸟一路走来，不歇不停
飞越了侏罗纪和新生代
繁殖出水乡的文化与斑斓的人生

多年以来，流过历史时光
沉重的记忆让岁月清澈透明
作为母性，你把水乡带入世界
水乡为你的无私与慈爱而感动

淀水，这无法涵盖的物质
自天宇流入一切生命的心灵
成为美丽如玉的信念
在水乡的脉搏里流淌着永恒

无法想象一片亮丽的光芒
孕育出一片片的翠绿与艳红
在千年的岁月中
一直用永恒的精神争春争荣

你曾见过幼发拉底河的神灯
见过令人酣畅动人的场景
大水如斯，水乡是它的宠儿
祖祖辈辈以水的方式营造着激情

夜，于荷塘

静卧于小舟中的涟漪
厚厚的相思在白色月牙里
闪亮的水与流浪的萤火
潜入我独有的一席之地

映照着意犹未尽的水乡
沉浸在红荷迷人的芬芳里
一片凉意深刻了故事的空灵
沿着弯若眉眼的小桥送去

让风闭上流泪的眼睛
让岁月遗忘那个寒冷的冬季
让相思变成一支棹歌
在爱的水中欢喜着醉人的旋律

月色中，你的影子
依旧跌在我忧郁的沉默里
一片荷叶栖在额头
在水中开始生长相思的根须

醉梦如一朵小荷
在清澈的水里摇曳着美丽
也许你一生追求的梦
正是这永不知晓的一个秘密

入秋荷塘，小虫轻鸣
夜宁静如水，让人生出醉意
感受此时柔情的冷月
让人想起什么，可又什么都想不起

心中的荷

打开心中久闭的情结
以水的柔情小心翼翼地回望
原来姑娘隐约成一朵荷
在清澈的思念中轻轻荡漾

荷，是这个时节的一半
另一半，属于怀春的幻想
浓愁与醇香让人联想
高贵与玉洁的性格让人敬仰

周敦颐曾说过
你的与众不同是高尚情操的形象
把心交给永恒的水上
思念表达着内心的全部意象

你凝视着我，如同月亮
让我窥视到你此时的春心荡漾
一滴泪和一个滚烫的吻
烙在我疲惫心灵的盲点上

此时，你用温情纠正着
我的诗句，照亮我内心的迷茫
多么寂静呀，恍惚中
打开这无法用语言来表达的郁香

秋之淀

淀风铺出一段靓丽
此时的大淀似醉似醒
没有流火的烧灼，荷
流光溢彩地装饰着澄澈的天空

丰姿绰约的婉约红荷
涓涓地流泻，用古诗来抒情
宁静致远的淀水
在岁月的变迁里总是一道风景

一株株美丽摇曳着的时光
丰盈着大地丰盈着岁月的人生
叶起叶落，化雨迎风
用生命为时光装点着水乡的梦

渐渐入凉的时节
让人的心中升起一片艳红
依然在燃烧的火焰
用不眠的精神渲染着一片宁静

站在柳下，棹歌飘起
旋律随着波纹飘向天空
河边的紫燕，水乡的精灵
衔着恬谧与淳朴的诗心相映

远离尘嚣的大淀
灿烂的水面隐约的桨声
我踏着如歌的小舟而来
用一方热烈与清香装点我的憧憬

迟凋的荷

进入深秋的心脏
一朵孤荷向我开放
披一身寒冷，如一位
古典美人手持玫瑰迎我到访

温暖着寒冷的伤痛
你就是最可信赖的希望
薄如蝉翼的盛秋已去
但依然可见当初热烈的辉煌

寒秋带来的迷离细雨
将一场不稳定的爱情涂满粼光
轰轰烈烈的季节已过
雷鸣将我迷茫的眼睛擦亮

你仍在燃烧，把死亡遗忘
我穿过一片荒凉的梦，自由飞翔
把祈盼的心情折叠成一只蝴蝶
落在最后一次美丽的花心上

至柔至刚的温淑玉女
禅心冷寂中仍孕育着希望
我用真诚布置一片意境
种下信念，一起与你历尽沧桑

浣纱女

大自然的神笔大写意
静女的裙带随风轻飘在画中
莲步轻摇，色彩斑斓
分明是姑娘的蓬勃青春在萌动

感受你的温柔之后
便有了一种随你互动的心情
轻盈的动作，荷样漂亮
浣罢轻纱随之梳理，以水为镜

纤指轻轻一弹
便构成心琴，旋起心声
让我心与你心合奏
达到音乐的高潮，在水面放纵

我的手指吻着你的脉搏
窃听流水和火焰的跳动
让我奔驰于你的弦上，你
梦想中的白马就会出现你的天空

小舟少女

这只小舟向我移来
一位少女轻盈如燕
一幅或浓或淡的素描
是姑娘用春心织出的绚丽画面

她的桨声，如同心弦
弹起的节奏拨动我心中的涟漪
向我划来，走出虚幻
腼腆地一笑，掀起我灵魂的浪漫

风从水面吹来，把荷吹成
台上的倩女把水吹成闪光的鳞片
羞涩的眼神，有点慌乱
相视之中，美丽的眼睛注解着情恋

阳光暖暖地泻在水面
荷挽着红色的情感不住伸延
就这样的无约而遇
给炽热的心律涂上浓浓的蜜甜

你站在我的面前
美丽的乌发长飘在肩
轻触中，我捋顺的
就不仅仅是一般美好的梦幻

河　边

姑娘把家中的功名利禄
及一天杂乱的心收拾干净
傍晚，来到河边梳妆
瞳仁与秀发，安静地落入水中

一群一群的小鱼
游过她丰满动人的倩影
游过水做的小村
静止在失去记忆的春梦

晚霞像玻璃般碎去
像雁飘散在远方的苇丛
小舟上那盏长明灯
把夕阳烧过的夜染成寂静

她蹲在水边，凝望远思
怀春的嫩芽在蓬勃季节萌动
那含苞欲放的荷蕾
在风中摇曳，半遮了我的眼睛

过一片荷丛

行舟于水上过一片芙蓉
仿佛唐宋一名落榜的书生
在失意的指引下，漫游
心念把玩一回古典风流的人生

穿行于红荷的壮观中
采莲少女闪烁着水样的清澈眼睛
用温柔的水光覆盖我
然后浸入我纷乱的内心濯洗心境

红唇轻盈冲我一笑
我复杂的心神格外澄清
如一朵蓬勃的红荷
用一脉芳魂提纯现实的宁静

艳艳的霞辉因你而嫣红
柔柔的乌发随意地一拢
任由如水的风来梳理
闪闪的明眸，如露珠的清明

以永远的娇艳和美丽
展示你高贵富有魅力的生命
以永远的圣洁与情操
释放你迷人而热烈的憧憬

这是在和风，行舟的桨
在拨动的荷叶上布置图景
在接受你多情灵性的沐浴之后
我膨胀的心与你的爱开始了互动

观 荷

来到由秋天布置的河旁
我告诉你花在无私地绽放
在迷蒙的气氛里，一幅
水墨丹青的写意浮现在水上

往来的船只，个个看到
古典美人手持火炬在幻想着浪漫
温暖着深秋的寒凉
铺一片彩色壮观的迷人光芒

糅和了曾经的沧桑
往事依旧被火焰照亮
一段段灿烂的历程
完美地展示着一个季节的辉煌

婉约的诗篇，如同雨丝
濯洗出我内心的一种畅想
你的嘴唇，蓄满炽热
每次轻触，都燃起我的迷茫

你总是纯正着一种神韵
热烈的心律弹奏着浓浓的清香
一汪秋水，斑斓着梦幻
荷水的情愫，少女的歌声悠扬

秋的天空，布置季雨
让你依然坚守着信念与向往
一片片红艳的照耀
让太阳此时失去了语言的光芒

穿过荒凉与荷相遇
烈烈地燃烧，把死亡遗忘
荷在寒冷中绽放爱情
让渴望幸福的人在温暖中共享

来到深秋的心脏
让哀怨在热烈中尽情释放
让人生在莲叶上打坐
灵魂就会浸透出一种纯情的向往

荷（一）

一切隐情都向极端奔去
刹红刹紫痴狂着一种强大气息
七月，风带来一片神韵
没有流火的烧灼碧透着一种艳丽

与梦境不同，无法拒绝热烈
高贵玉洁，流泻着古诗清香词句
此时，把我的内心照亮
流光溢彩装饰着宁静的天空大地

面对辽阔热烈的河水
我用心灵抒发一种优雅的惬意
透迤而泻玉泼翠的美韵
让七月燃起永恒的清新的话题

一朵朵艳艳的荷
从静静的坐禅中翻卷思绪
一颗颗炽热的心
染上芬芳，带来阵阵浓浓香气

初恋的一株荷
融入另一株芬芳的体内里
岁月也变得清秀
季节把火红的思想染成一片艳丽

在接近天空的最高处
阳光的真诚注解着你的秘密
在脉搏的跳动中
努力寻找与你共振同步的频率

荷（二）

一边是浓浓的苇丛
一边是闪闪的水波
生长在这片热土上
岁月的长河写着你的浪漫

韵脚平平仄仄
跋涉出多少苦辣酸甜
像一只只赤色的水鸟
在方言的淀面上飞旋

感受你的柔情之后
便有了一种相思的欲念
披一湾浅浅的新月
梦，泊在苇影的脆弱之间

似淡妆绰约的少女
心事在幽幽的弦上蹒跚
沧桑的指尖在弦上
摸索着人心和世道的冷暖

最抒情的那个高音上
秋日的私语爬在岁月的唇边
弦与情纠缠出的颤音
是比人生还要漫长的时间

荷（三）

艳艳的荷
只不过是一册红楼
惹得许多人
总是把春梦等候

多少年来
演绎着黛玉的思愁
无聊的书生
躺在荷上满怀风情

那年林妹妹走了
许多君生饮上一种“红楼”酒

荷（四）

这里有一个动人的传奇
许多故事编织出水上的美丽
玉皇大帝一颗熟落的牙
被花仙子偷偷地拾起

种在茫茫的大淀里
便长出许多仙子的梦翼
在水面上摇曳着笑脸
让寂寞的淀水掀起平仄的涟漪

时光游戏着水面

把花仙子的梦悄悄延续
一个古老的传说，便在
大淀演绎出一个个动人的事迹

博大无比的水，用
时令的笔在淀上耕耘着思绪
于是，大片大片的荷花
像醒来的花仙子个个蓬勃朝气

有了生命的大淀
就有了牵动诱惑的奇迹
熠熠闪亮的荷成了大淀的
眼睛，把目光传遍世界各地

久违了的这片激情
浪花跳在我的衣服上亲昵
你的美艳，让我激昂
兴奋地穿行在千年生动的想象里

水 上

把最美的一段彩霞
截下来构成一个绚丽的形象
浓浓的碧绿与红红的火焰
织成一片灿烂热烈的畅想

一只只带有古韵的小舟
在辽阔的水面上踩出一片光芒
一声棹歌，一个人生符号
火辣辣的激情让红荷疯狂

船上飘出声声心歌
无法用洪亮的嗓门轻唱
柔柔的心轻轻飘起
一声雁鸣在苇丛敲打我的脊梁

踩着祖辈留下的脚印
我枕着水声，构思着月亮
水上的情歌扇动着翅膀
从船上划行了千年的畅想

一段段火红的沧桑
一方热烈的色调空旷
浸入一本厚厚的古籍中
在春华秋实的岁月中弹唱

水道

在浮萍与水草的河道上
阳光的旋转梳出七彩的波浪
一根质感极强的长篙
以千钧弓弦的力度摆渡着水乡

拽着诱惑与掉泪的日子
拽着屋顶的炊烟与向往
拽着沉积的岁月与梦
朝霞升起的时候充满悸动的渴望

你系着水乡之魂
游移于线型的轨迹之上
这也像夸父，被日月风蚀
几百年来，像一位老者饱经沧桑

你从古老的传说中走来
清澈的浪花不住地歌唱
从优雅的节奏中
穿越千年的历史一路奔腾激昂

已融入人们的生命之中
流动的曲子洋溢着迷人的渴望
一条可敬的生命之道
在岁月中总是演绎着传奇的时光

浏览你斑驳的社会档案
缆绳的螺纹里浸透着时代的兴亡
听惯了的风声雨声
水道在人们的生活中越走越旺

水上行

清凉的绿色涂染着心境
荡舟于闪闪的河水之中
苇叶摇曳着季节的诱惑

鹧鸪一声，惊扰了一片宁静

顺着思虑之桨而行
追逐早已消失的浩荡水声
朝霞升起的时候
总有波澜不惊的幻影在闪动

水上的波光熠熠
听，淀心的旋律阵阵跳动
夕阳渐渐走近
荷与荷在悄悄地交流着心情

突然感到我与荷
仿佛两片叶子浮在水中
眉睫上滑落的水珠
融入淀中私语着秘密的事情

沿着绿色的水道
所有的负载都化为淅淅的雨声
从绿叶摇曳到水上
摇到心灵湿润的栖息地中

其实，大淀早已失去了躁动
平稳的性格成了绚丽的风景
千年以来的一种柔情，悟出
爱的真谛，让一种信仰得到永生

水中，让我生出许多憧憬
荷花、苇丛、芦雁托出一片盛景
让我涨潮的心汐无法平息
沉醉之中，我忘去归途的旅程

沉湎在清凉的静谧里
北国苍茫的情思穿越了千年历程
我蓦然回首，发现
正如读一幅红荷历史的浪漫风景

水边少女（一）

总在这里不期而遇
你绯红的脸上羞涩着笑意
迷人的红靥，如河水
缠缠绵绵地令人心旷神怡

纤细的手，浣着衣裙
甜甜的笑脸让人着迷
我真想写一首《漱玉词》
在风韵中展现出你柔情的美丽

夕阳下，一切都显得恬淡
那充满诱惑的景色令人痴迷
通往你的心路弯弯曲曲
我想驾一叶小舟顺着你的思绪划去

心与心共振着一种频率
青春的情节总是沉醉在梦里
为了心不让时间风化
我会把这美好的记忆轻轻叠起

我多想编织一张网
网住你的快乐和忧郁
于是，有了一个感人的故事
你总是在水边等我们相遇

水边少女（二）

三月的风把你的脸染红
我划进你那片芳心的领空
你羞怯地把目光的柔线
缠住我徘徊已久的心境

在你那双美丽的眸子里
我看到情愿燃尽一切的渴望心情
小舟无目的地在水上漂移
缠缠绵绵的期待让内心沸腾

水中的那朵芙蓉
撑开一片纯净的天空
心跟着春的脉搏一同涌起
期望一个痴迷的诱惑让心平静

投来的火焰般的目光
让我春日的灵魂飘浮不定
已看到玫瑰开放的艳容
期待的爱多少风韵都留在心中

青春路上的一个动人情节
你的温情让我领悟到一种宿命
清晨，风起痴迷的情
让我用绿色编织夏的春梦

水边少女（三）

热烈之水阳光泛泛
芬芳来自水上的荷尖
河水徐徐伸展
永恒开始于美丽的瞬间

莲子成熟了，饱满
香润欲滴，诱惑着心田
等待收获的嘴唇
总是弦索着红豆的思念

一只蜻蜓栖在苇叶
没有了去年的诗韵装点
漂流不走的影子
沉入河心，孕育相思的情感

太阳落下，月亮升起
在这个永恒不变的水边
秋水伊人，在冷淡
与缄默里，仍然在等待与期盼

水边少女（四）

紧锁心扉沉默不语
用眼睛遮住痛苦的心底
看湛蓝的天空
自由的飞鸟展露着心中的秘密

其实，每个人都是
一段文字，总是在叙述着自己
每个人的心，都是
一片有风有浪的江河流域

每个人都可以去爱
每个人都会得到爱的甜蜜
伸出你那双纤细的手
就会被握在爱你的人的心里

洒脱的丝丝长发
振作精神，扔掉忧伤、叹息
宇宙的爱正在远方
用一颗真挚的心在呼唤着你

水上姑娘

你总是那么美丽
温柔中有一种微微的神秘
水面上，你摇桨而行
桨写下的行行文字让人好奇

一双炯炯的眸子
总是映着水上平仄的涟漪
一双纤细的手
让船演绎出一个动人的传奇

几只芦雁从身边掠过
画面，让我产生浮想联翩的醉意
仿佛水中之魂
此时，我读出了时间深层的秘密

水是纸，桨是笔
每一个动作都在耕耘着思绪
优雅的姿态
隐藏着一种难言的奇妙秩序

我知道，你喜欢阳光
喜欢在白色浪花上书写痴迷
你的稳重与含蓄
让我读的时候总有阵阵的欢喜

潜心于水中的这种抒情
在装饰着风景让水面变得新奇
在真实的情节里，你的
每一部分都有一种无法抗拒的魅力

一朵鲜花谢去了
成熟的果子不再摇曳
你萌动的青春谱写美丽
成熟的年龄格外绚丽，令人痴迷

船上姑娘

小舟，驶出了寂寞
船上姑娘，鲜如嫩莲
羞涩的眼神
闪烁着怀春的情恋

双颊绽放出的
美丽，如桃花般红艳
柔嫩的欲望
书写在清澈的水面

胸前的红荷
白云的诗篇
每一句都如雨丝
洗出我灵魂的浪漫

那樱形的小唇
如芙蓉一样的火焰
如果轻轻一吻
立刻就会把心扉点燃

水面沉思的小船
姑娘的乌发在肩
只要轻轻一捋
就会马上生出醉人的梦幻

邂　逅

细雨如丝，编织水面
小船被打湿红晕的唇边
植入了我的瞳仁
浸透着我心头的幽幽思念

沿着绿色水道望去
又幻影出那一汪的泪眼
躲闪于手帕的花丛
那天的雨轻敲着你惆怅的爱恋

你幽幽地望着我
心与心在无语中紧紧相牵
一道天光，瞬间即现
切开雨线的距离与界限

你用颤抖的红唇
轻舔我四月冲动的茫然
不知不觉来到我跟前
剪断了距离，心与心紧紧相缠

今天，又在此相遇
开在我心头的雨花已枯萎风干
爱，是一只淋湿翅膀的风筝
你的微笑，使我感到人生的困倦

荷中相遇

撑一支篙穿行于荷中
你说忽然想起去年的月亮
温柔的眸子
闪烁着美丽而多情的目光

你美丽的双眼，似乎
揭开你内心神秘的帷帐
你说这也许是缘分
去年我们就相遇在这片荷旁

看你的乌发憔悴凌乱
秀眉如月，一线红潮浮在你的脸上
饮你的柔情，读你的目光
摘一片你的心情镶在我的心上

风轻款款，霞托夕阳
水道不长，心曲却无法丈量
你柔柔地说，银河有多长
心中的韵桨也就会有多长

纯净的语言是一种渴望
优美的触及，织成一沓沓波浪
《声声慢》与《蝶恋花》中的你
让我的灵魂经受一次温暖的忧伤

船夫（一）

携远古历史的长风
打着闷闷的沉雷渐渐而行
低音重重沉沉节奏作响
人类成为主宰世界之神灵

船头与太阳一起升腾
于是出现了深深浅浅的涟漪波动
满脸皱褶，不知是你
还是历史沧桑，沉重的进程

你只是摇头往事不堪回首
音之魂浮起，交谈于幻梦中
人生在坎坷的孤叶上打坐
一千种语言在桨声里灿烂温情

去与船夫盘腿而坐
听命运之神拈足而来的跫声
牵一串音符跳入水中
在灵魂的弹奏中燃起生命的光明

船夫（二）

在浩浩的水面上驰骋
桨是历史河流的最好证明
你紧握双桨，大叫一声
水上立刻呈现出浪花的翻涌

漫长流动中的历史
留在了你蓬勃的记忆中
什么是辛酸，什么是苦痛
是远古的长风沉雷滚滚而动

人生的流演纷纷坠落
海拔的高度顿然辉煌光明
扯一缕被彩霞染红的清风
让河水与蓝天编织月光的梦

河流总在奔跑不止
漫长的生与死涂写着天空
而信念如阵阵钟声
时时敲打水面，敲打神经

太阳柔韧的赞美把你拥抱
万物翘首，仰望你挺拔的造型
水的呼唤，你的嘶鸣
让黄昏的躁动走向清静的黎明

船夫（三）

当猖狂的风将你吹醒
一个新的期待在整装待行
期待着力与力的较量
智慧与狂浪的角逐，已成竹在胸

当你驾舟驶向波涛
心中便有一种欲望在涌动
当狂风巨浪掀起呼啸
你平静自若，一如往常的镇定

手中的大网撒向心中的深处
狂浪为你掀起阵阵的感动
此时，你有一种痛快在释放
一种充满自豪的满足心境

海浪与船夫的故事
从此于这里壮观的诞生
生命在这个季节
构成了韧性与狂飙的一道惨烈风景

当你紧握双桨
心中就开始了一种憧憬
一阵阵狂浪打来
一种力的发泄快感油然而生

挥动双臂，摇动身躯
落在脊背上的太阳纹丝不动
这是一种原始的舞蹈
一个时代雕塑着一个完美造型

面对大海，你说我爱你
因为我无愧于“船夫”这一圣名

你年轻的心也有着纯真的爱
也有昨天的沉思与明天的憧憬

船夫（四）

青铜般的身躯，双手握桨
水面上，溅起一波绿浪
潮湿的芦雁游弋着快乐
这就是千年来大淀的形象

大淀古老的传说
诱惑着人们神秘的向往
沉默与深沉的大淀
让水的一种灵气闪耀明亮

一组组风琴的流韵
使大淀的画外音变得迷茫
一脸的沧桑与健壮的身躯
推出水上黄昏夕阳的畅想

如草原的牧马人

为水乡的魂灵塑出雕像
一支两弦琴的风采
让生活的颤音丰富动人永不绝唱

奔波在岁月的水面上
让生命的太阳释放光芒
被风浪磨硬的手足
把淀水的时令踩得咔咔作响

船夫似一部斑驳的古籍
文字是浪花击板的抒唱
鹧鸪与翠鸟就是标点
我读出它一段段辛苦与沧桑

船夫就是一本日记
岁月耕耘着动人的篇章
一部厚厚的内涵
里面有泪水传奇的感人激昂

船 上

此时，独坐于小舟
水面呈现一种遥远的宁静
沉默的血液
凝结成无距离的意境

还有什么比这更辽远
一份清幽的温馨布满无声
说什么呢，这种静穆
高远的夜色，天空隐退了星星

无与伦比的月光
于心灵送来销魂的微语
我愿此时永驻
也保持一份难得的纯净

心与船在水上泡得太久
水会不会也凝结成血一动不动
一星划落，摔碎冷月
也清醒了此时惺忪的夜空

入夜的淀

一簇簇水墨的芙蓉
自精美的唐诗中绽开笑容
绽成人们红红火火的日子
绽成恬静中孕育的一种冲动

一淀清澈的闪亮
止不住摇曳着岁月的桨声
摇曳着宋词的段落
摇曳着元曲的小令

水中浓盛的翠苇
舞着一曲北方的五千年长梦
船上棹歌，用桨摇动
同怀一淀甜水尽显一片荷灵

北方一淀的花映月
犹如红粉佳人晨妆的玉容
有入夜的悠悠桨声
纵横三万里美艳凝香的秦娥梦

白洋淀

带着水声的名字
安营扎寨在这片领域
时间之鸟，纷纷落下
在历史的树叶上栖息

风从古老中驮来苇叶
飘起一片片白色的花絮
充满激情的声音
垂下来，落在满月的水域里

传说的翅膀，抖动出
一片片菡萏，让人动情痴迷
现实的太阳滚动着水珠
把生锈的往事一一清洗

常常于淀边独立
在夕阳炫目的渐凉里
有风从北面赶来
遂有十月的音节旋律

在寒意中举起一片枯叶
张开手，紧紧握住记忆
却忘了失落了什么
遂将所有的感觉倾于水里

听，有节奏的水声
再重叙多年前相见的美丽
暮色已重，不曾找回什么
正如眼前的芦花开始谢落飘去

视觉渐渐变得真实
夕阳的凄凉美感仍有魅力
多少躁动都趋向平静
又一次倾听秋风送来的消息

三月的大淀

寂寞得太久了，难熬的
焦虑让心感到一种沉重
多少渴望，在骚动中
垒高喉结，压低眉峰

在平静的水上
流动着三月独有的风情
在一片宁静里
已悄悄传入一支温馨的歌声

风在轻轻地细语
心与心的荒凉开始融溶
亲切地倾吐绕着倾吐
三月不顾一切地发出了冲动

盼着暖风的旋起
心跳与春律的脉搏同率振动
迎接一个迷人的诱惑
芦苇正削尖鹧鸪的小令

三月，又回到了水面
让一言不发的冷漠感动
心帆正驶入蓬勃的情节
是为了满足一种不可告人的激动

宽阔的水面探寻欲望
一只芦雁悄然地钻入苇丛
春风让人孕育出一种自信
抑制不住的心情开始泛起萌动

忽然到来的斜雨
涂描着目光里的风景

沿着心灵的绿色水道
摇醉了充满诗意的心境

当三月充斥着许多期待
不知不觉走入了它的春梦
荷莲飘落的幽香
仿佛火焰燃亮了一双双眼睛

秋之荷（一）

荷，是这个下午的一半
另一半，属于落叶的幻象
荷在盛开，盛开声音
高过流水，高过天空的翅膀

来自遥远的传奇国度
歌唱在以水为生的另一个天堂
盛放着一年一次的轮回
把处女多年的珍藏献给太阳

一朵两朵，火热的心情

迎着凉风，开始了自由飞翔
为破译一个旷世之谜
让一个季节演变成一首千古绝唱

岁月的沧桑
把无情的皱纹刻满脸上
不是为了保持沉默
而是让欢乐的心不在忧伤

寒冷的雨水
撞击着一张张红色脸庞
头上蓄着天菩萨
美丽的姿容被水洗得清亮

心，静静地泊于水上
生命背负着旷日持久的沧桑
这个火红灿烂的国度
让季节变得高贵，真诚令人敬仰

在这个抽象的秋日
我看到彩蝶俯身的翅膀
绚丽的荷将去何方
这无法破解的秘密让人感到迷茫

秋之荷（二）

秋风秋雨在一种关爱里
活跃着一方蛙鸣的涟漪
夕阳下的我宁静而真实
用一方的清香布置我的默许

眼前，荷正酝酿艳丽
深秋，风也吹不进它们的心里
不用多时，我也随芬芳飘去
携带着忍耐的长久与快感的词句

秋深了，蓝天无边无际
我透明的灵魂在审视荷的魅力
一片火焰，惊喜地横空出世
我突然理解了万物燃烧的意义

黄昏被敲响，我被默许留下
彩霞里我继续升高梦想与追忆
清凉中芬芳没带走我的脚印
秋色中我想我的收获就来自这里

空气中的水草举高万里秋天
映出无以复加的绰约的美丽
我在空旷中与风对话
夕阳，此时变幻着如一美人鱼

早上的淀

东方亮起每日的晨曦
风与风在低声地窃窃私语
早上的大淀
你如此温柔，如此淑女

乘舟荡桨而行
水声击醒一片沉睡的天际
大淀，你所有的岁月
都属于桨声驰骋的一种搏击

你以一种亘古的
沉默目送着季节的来来去去
因此，风雨的日子中
你总是显得那么神秘、好奇

又一次摇起双桨
淀水之中隐藏着一种秘密
为何大淀永不枯竭
因为这里是河水汇合的圣地

放眼一望无际的水面
在我最喜欢的景色里
斜飞的紫燕
衔来眼前的一片翠绿

青春在悄悄涌动
涌动的水面如此的绚丽
波鳞闪闪的大淀
船来船往，梦在浪花中闪着涟漪

风干的星星已潜入水底
层层的金鳞传递着一种信息
当朝阳升起一个诱人的故事
又将在淀上把一个个传奇演绎

夜，淀边

宁静的水面淡淡月影
禅意漂泊在悄悄的抽丝中
细细望去，一唐代白衣女子
在轻盈与非隐非现中随桨舞动

我与她隔着一个凡世
耳边依稀听到采莲女的笑声
她用纯情与柔美织成
一张网，把我的心紧紧网在其中

在那瞬间的对视里
如远隔千年水域的小星
似久游天外的来客
心中拥满圣洁的月光与憧憬

我们膜拜心灵的神明
醉在飘香的明朗水梦
在渐悟的古意斑斓里
我们彼此释放着自己的心情

在目光的交流里
我只是目送她渐行渐远的背影
莞尔一笑，有缘与无缘
都在一幅水墨画的淡入淡出中

听雁声

雁声很古老
淀水的声音也很古老动听
听芦雁的长鸣
就是听阳光敲着的水声

在岸边细听
就如把自己沉入水中
耳朵、眼睛、心灌满
波动的淀水，血液跟着沸腾

雁鸣很古老，古老得
像二胡弦上跳跃的韵声
听淀水悠长的颤音
在月箫悠深的笛孔中

泳于水中，脉搏
与波纹一起感受跳动
一种原始的清新
想象的触须会奔跑不停

听鸟鸣，就是听音乐
就是听一次裂变前的空灵
用音乐把自己统统隐去
听那个空间宁静中的灵性

小　船

静坐水边，降临一场艳遇
想象一朵莲，摇曳着美丽
我在垂柳下的岸边浮想
小船乘载一披着阳光的少女

柔柔的艳丽袭来
目光是那么温馨飘逸
倒影的河水荡着春梦
沿着弯眉的水道芬芳四溢

把祈盼的心化作
一只蝴蝶，落在花蕊里
谁能拒绝飞翔的自由
倚船而坐的你，心浪云涌风起

你更像一部书籍
丰富的内容，让我痴迷
最想读的那一页
是你字字珠玑的平仄韵律

是先有荷还是先有你
我忽然想一个不是问题的问题
其实，这就不是问题
你的每页都容纳着荷的动人传奇

那一朵朵伴你的荷
把你摇曳成一幅朦胧的大写意
也让那些悠扬的水声
摇成一首款款的长调和盈盈的诗句

红荷（一）

前面枕着一片的芦苇
后面通着水乡的村庄
春去秋来一生沉浮在
生长着莲子的水面上

婉约的火苗艳丽多姿
总是流光溢彩出古词的清香
风轻，追逐着斑斓色彩
抒发一缕缕温馨，多情的渴望

风摇荷叶，韵脚平平仄仄
跋涉出深深浅浅的人生时光
开满水乡心头的灿烂
纯情的灵魂沿着水面绽放光芒

透迤丰姿绰约的美神
用生命的轮回展示着一种向往
为了接受生命匍匐孕育热烈
你湿润的目光无畏地伸向远方

红荷（二）

走近荷丛艳遇一场红雨
一个水珠一个优美的诗句
敲开纯洁，高贵的名字
让我玩一回古典风流的韵迹

水面如一位柔情女子
引我潜泅的欲望在内心涌起
用透明清澈的心迎接我
抖落一身水乡情恋的圆舞曲

我踏着如歌的桨声而来
站在小舟上，吹响苇笛
让旋律沿着叶面飘向远方
绅士的芦雁会把你的美丽传递

我愿静静地走近你
把你悄悄地珍藏在心里
用我的热血一遍遍度你
把你度一尊尘世观音静观不语

红荷（三）

为了不让寂寞从天而降
纯洁的境界让人们充满向往
滋润着所有的岁月
渐渐完成对旭日的一种敬仰

为了塑造一个永恒
穿越了风雨，穿越了时光
为守护一个朦胧的真谛
让夙愿去编织火焰般的理想

不知花仙子的当年心愿
是否成熟地分娩出无数个梦想
成为火焰化作美丽与崇高
在自然，真诚中体现出睿智的光芒

悄悄地走近你
听到你以亘古的默然代替歌唱
沉静是你一生的恪守
你希望走过的世界不再有冰凉

你对自由拥有着
季节转换更深的感受与渴望
超现实主义的一篇经文
让气候的脚步迈得缓慢、迷茫

流动的波纹
以诗歌的形式发酵着一种灵光
在追忆过往的日子里
清风婉约，一阕清雅的格律篇章

红荷（四）

季节的气温带来清凉
蓝蓝的水面把芙蓉喊亮
让一片片的翠绿
一齐朝着阳光歌唱

隐隐看到了《爱莲说》
是否还是周敦颐笔下的形象
会心地微笑，尽情地舒展
泼泼辣辣地向世界开放

一片红红的芬芳
带来了整个北国的欢欣与渴望
彩蝶扑火，蜜蜂奔忙
灼目的翠鸟，在茎上抖动翅膀

赴一场火红的聚会
朵朵的艳丽，绝对是来自天堂
看水上太阳女神出浴的笑脸
横空出世，三千里赶来的智慧之光

年年的红焰，年年的淋漓尽致
年年的太阳，迎来你年年的芳香
一片甜言蜜语任你亲吻
正为大淀构思填词的绝句篇章

一片片的涟漪
让风吹得内心激动荡漾
一方诱人的画面
渲染着整个北方的无限风光

荷水的歌

你递上来一首歌
把迷茫的我俘虏
欲望的手臂
揽在水上的红荷

今夜我突然失眠
清晰地感到你胴体的跳跃
此时，像一次赴约
你迷茫了我，也辛酸了我

在你甜甜的柔情里
婉约的月，映着莲荷
如你丰盈的舞美神韵
也映出了我感情的脆弱

在你柔蜜的深水歌中
我倾斜的情感好像已经坠落
你的渴望，我的渴望
都在花前月下的故事里放歌

水 上

晨起，荷的眼睛
亮了水乡的一方天地
浓浓的苇丛
垫厚了百姓生活的暖意

一只小舟，两支木桨
由远而近，弯弯曲曲
水面上闪烁着
一行行，一段段的诗文词句

仿佛一种激情
在自然地需要一种心绪
想倾吐，既难以
抑制，又无法抗拒

小舟上的棹歌
让春心在爱恋中交流着秘密
桨，摇曳着清凉的水声
划动的语言，透着痴情的甜蜜

习惯的思维
穿过以往的熟悉水域
一路风雨兼程
用重重叠叠的足迹
在水制的宣纸上
书写着一段情感留下的履历

河边姑娘

我总以为那是一种设想
当我入睡就出现那位姑娘
她在河边折叠着童年纸船
要把陈旧的水声装进儿时的幻想

秋天谱写的恋歌
被春天的紫燕渲染，歌唱
多好的天气，心静气爽
你紧闭的羞涩还那么腼腆漂亮

我坚信，你不愿吐露心曲
一旦打开就让人充满遐想

荷莲酿制的芬芳
诱惑的微笑，让人春心荡漾

炽热情感，撞击着心灵
你把珠宝般珍藏的眷恋释放
沿着一种隐隐灼伤的记忆
把内心的渴望点燃眼前一片明亮

风，轻轻融化着无言的情节
一双纤柔的手流溢着迷人的飞翔
夙愿，如欲望中的一抹心欢
却没有一条情感的缆绳被视作光芒

感受了你的温柔之后
便拾起了停泊在暮色中的向往
真想同你一起体验那种
曾经溅湿你生命之潮的清凉

我知道，我是一位异乡之客
折段苇叶写下心中浪漫的渴望
在相视的瞬间，如醉如痴
跳跃的鱼儿把我们的情感收藏

让风闭上流泪的眼睛
你的柔情打开了我心灵翅膀
在你腼腆看我时，我明白了
这种刻骨铭心已记在你的心上

水 中

水中的芙蓉
总是面对太阳的笑容
沧海桑田，岁月无声
屏息聆听这悠久浑厚的轨迹行踪

河中疯长的菡萏
是飞轮旋着饱满的种子内容
一颗颗成熟的头颅
如哲人苦斗在深思熟虑之中

游荡在水中的船只
老者秋霜般的鬓发、核桃般的容颜
双桨摇曳着原始岁月
腥味的棹歌总是展示着一种雄风

老者，用桨声测字
忽然发现，跃跃欲试的芙蓉
他灵机一动，忆起神话
那年花仙子让这里有了一片盛景

大淀（一）

从远古以来你的情景
就奔跑在了我们的梦中
晶莹、细腻的物质
已渗透于我们的魂灵

就像鲜红的血
让我们源头的生命起伏着
从你晶莹的方向，我们走来
踩过侏罗纪和新生代的路程

你沉重地走过历史
繁殖出古老的文化与现代文明
走过我们的记忆与时光
用真诚与生命编织着我们的梦

你如亲人般把我们
紧紧拥抱，带入这个世界中
我们追逐着你的足迹
为你而歌，为你而为，为你而感动

你自天宇流入我们心灵
成了我们一时不可或缺的生命
永恒地闪烁在我们的血脉
在变换的岁月中不去争春争荣

你让我们充满遐想
也看过令人振奋与心酸的场景
大淀如斯，我们是你的一员
千年来以你的方式徜徉在大自然中

大淀（二）

在闪闪的淀水之中
小舟随风轻轻摇动
一些话，待未明了时
绿的手牵动着思维悄然入境

大淀，总以某种方式
契合命运坐在荷花丛中
左顾右盼的记忆
芦雁似的栖入巢中

诱人的情节，或
突如其来的人物让人感动
都可以是你，一个个
童话般的故事在阳光下发酵入梦

读着你生命语言的闪动
干竭已久地躲在心中
在荒漠寂静的记忆里
兀然响起湿润流淌的歌声

莲

莲一样美丽的她
在荷旁托腮向往
熠熠阳光，水面荡漾
此时，怀春的心绪开始了畅想

目光越过七月的荷丛
爱情的火焰驱赶着迷茫
千万株红莲托浮着她
春梦醉在了一片绿色的芬芳

寻觅的脚步奔奔忙忙
却永远离不开心中的水上
谁把长歌扬起旋律
夙愿走出灵魂细节的想象

太阳闪闪，泻在水面
散发着记忆中的余光
她含苞欲放的蓓蕾
遮住了我充盈水声的目光

小舟载着放歌姑娘
一只蝴蝶在水上展翅
清澈的浪花映着蓝天
双桨把她内心的秘密写进水中

荷　边

穿过苇丛，穿过荷塘
你说，我想起一束丁香
短短的温柔的问候
飘动着多情的柔柔目光

那些伴你的荷莲
把你摇曳成一道靓丽的风光
也让那些悠扬的水声
意外地加重了虚空深度的分量

掀开神秘的帷幔
以一种宁静之波托起向往
我们是绿色一员
你说，我是太阳你是月亮

繁星缀满的长空
夜风吹得我们春心荡漾
小小的木船
无法把我们炽热的心去丈量

你孩子般发问
天空有两颗星星特别明亮
为什么总是盯着我们
古老的银河到底有多长

你深情地看着我
我发现你眼中的那束亮光
就似一条小路
正在通向揭开迷茫的道上

荷 塘

窗前的一番景象
让我的想念流动在船上
夜色中你肆无忌惮地
照着我泡影般的希望

想念结出忧伤的牵挂
在这恬静幽幽的晚上
芦雁衔着歌谣掠过
绿色的歌声让心无限遐想

想念就是一片荷塘
夜晚伴着蛙声，长出月亮
双桨许久不再作声
只是心事高高悬起，空空荡荡

想念七月充满阳光的季节
把心交给自然，也交给想象
被岁月默许的那双眼睛
照亮旅途上的迷茫

月 夜

当月色揉进温顺的水乡
你的双颊把桃花绽放
七月的荷，恰巧自豪在
那朵柔嫩欲滴的粉红瓣上

轻轻移动着小船
走出苇丛，走出荷塘
晶莹的月光
照出水面的明丽，清亮

于是，你纯情的发丝
打成蝴蝶结的漂亮
把一个个黑夜串起
让整个天空清澈、闪光

内心鼓满风帆
你的歌声掀起荷的幻想
此时，你似一首小令
优雅的词句，让人充满向往

渔　夫

一片冬景潜入水底
春在淀边扭动野性的舞曲
那支苍老的歌谣连同船
苦苦地泊在祀雨的香火里
目光的箭镞
插满带着暖意的冰冷马蹄

瘦削的双腿在船板站立
两眼如牛枷，拉两匹
老泪犁进大淀的深水里
雨，没有从心箫的孔中飘下
只有皇历，捧在你青筋
暴突的手上，如一尊出土陶器

风起，吹皱一淀涟漪
收拾不清的心情洒满水里
你沉默如秋荷
舔几滴冷雨，滋润渴望的情绪

你喜欢站在船头
想象中，星星弯进月亮里
目光总是从几颗星中
蜷入自己潮湿的背影里

桨声，潇洒出行行文字
宣纸的水面跳跃着狂草的魅力
一辈子辛辛苦苦的书写
有风有雨的细节是你厚厚的履历

一壶浓烈的老酒
船板上搁一盘晨夕
让风干的星星激入水里
亮几只水鸟，亮几条小鱼

古老的雁鸣，在耳边盘旋
你把紫绸的脊背隆起
在贴满水面的霞光上
站于船板，如一雕像耸立

你饱含着艰辛的生命之汁
渐渐地沉浸在淀的灵魂里
脸上布满惊奇，眉心的码头
一艘夕阳正解开缆绳动起

棹　歌

在婉约的鹧鸪声中
缥缈在烟岚之中
季节的梦游来
常常栖立在索然的黎明

桨划着一条条水线
沿着节气的音韵流动
温柔在船上沉思
棹歌站起，牵动春的心灵

为追逐诱惑的水声
把芙蓉分娩成一段温情
将船与桨一起嵌在水上
让阳光熠熠地亲吻你的眼睛

水面的每条波纹
都印记着比水深的痴情
两叶鼓风的帆
摇着一片思念的水声

心与船在淀中浸泡得太久
那支心中的旋律也腥味浓浓
将摇动的岁月升上长篙
一挂飞瀑正摔碎冷月清影

太阳与月亮相互地
交织着无私的热烈真情
拨去心中的杂草
让荷开在渴望已久的心中

一千次将意识舒展为芦雁
一千次将感觉缱绻于鸟鸣
在烟雨迷蒙的水面上畅想
叠叠桨韵是你岁月奔波的回声

歌声从东飞向西
从夜晚飞向黎明
为破解一个人旷世之谜
不停地注解着沧桑的人生

夏 夜

一个无风的夏夜
我无意中又来到这里
一层暗红的水波为谁而流
激情反复涌动着隐秘

站在河边一次次观望
昨日尚未开放的花蕾依然美丽
夏日用夜晚装饰自己
花朵低头鞠躬，沉默不语

月亮穿上了孔雀的彩衣
夏日的成熟在少女的红唇泛起
沉默，是天空的幸福语言
从大地升华，万籁俱寂

水鸟丰盈成一首短歌
在清晰的水面上跳动着诗句
闪耀的细节均匀地舞蹈
内心在读阅着生活的精彩戏剧

相 遇

当我们无约而遇
你深情的目光有些惊奇
羞涩的脸上泛着红晕
温柔，婀娜的你带着诗意

很想写封信给你
心是邮票又不知地址在哪里
又想起那个时刻
你来到小船，我们第一次相遇

忽然又见如初恋的雾
不知晨霭是不是夜梦的继续
你潇洒地坐在小舟上
让我感到世界忽然变得新奇

你那双美丽的眸子如鱼
在我的波浪里游来游去
从遇到你的那天起
我就沉醉于这条幸福的爱河里

你说你爱这条小船
就如同我爱我自己
与你一起温馨的时候
成为我每天生活的重要意义

船 上

让梦在蓝色的歌中绽放
让海风吹开我的胸膛
浪把白帆变成羽毛
顺着阳光铺泻水道飘向远方

历史的风烟在天际隐现
古风的歌谣在耳边回荡
心突然像海面一样庄重
随着航道在蓝色中飞翔

听海鸥深情地呼唤
就不会在岁月波涛上迷失方向
有了浪潮汹涌的活力
就有了永不疲倦的前进力量

站在船上听浪涛喧嚣
拓展了人生领域的宽阔边疆
让海风重新塑造自己
让海灯在心中永远闪亮

拨开漫起的层层雾障
眼睛在波涛之中放光
明天的潮水有更大的升腾
浪尖上推出一轮崭新的朝阳

水乡少女（一）

这里生长着芙蓉
这里也生长着歌声
经年的风雨泯灭与生长着趋向
也飘动着姑娘深深浅浅的身影

一双桨，水乡的姿势
深入淀水的冷暖中
桨，欸乃一声
生动了一淀的光景

浮起许多流动的故事
被情歌熏腥的日子很鲜很美
生出芬芳的拔节之音
阳光柔和地抚摸着激动的心情

流动千年的水声
如苍老之鼓乐激动着她的神经
静静的晨阳，水乡少女
如炽热的太阳释放着热情

水乡少女，不懂的浪漫
水上都经年生长着诗与激情
在姑娘清澈的视线里
用短暂的人生书写荡桨的永恒

水乡少女（二）

夕阳在荷尖上朦胧
以其温柔濯洗初临的梦
此时，我们荷旁相遇
渴念的相见揉进水波千层

你用柔情吹拂着我
朱唇上悬挂着月色般的纯情
纤细的素手递我一朵荷
滚烫的春心醉倒一片虔诚

在所有的情感表达中
最让人陶醉的是这瞬间的沉静
在所有的手势举动里
最让人刻骨铭心的是那一刻的灵动

你那纯洁无邪的目光波纹
把我淹没在无法上岸的温流中
夕阳依然在苇叶上逶迤
你的气息穿透我心发出回声

让我们静静享受这一刻吧
你说，我们不用海誓山盟
从这最美的一刻，直到
以后吉凶未卜的日子

水乡少女（三）

斑斓的夕霞为她化妆
柔柔的长发在风中抒情
甜甜的歌声从水面滑过
波纹随意地浪漫着心情

河边浣纱着纯洁的青春
水上映出你粉红色的梦
芦雁带着水声落入苇丛
深秋的夕阳叠起了岁月的波动

你的歌声如一朵芙蓉
惬意的旋律把我的心染红
清清澈澈的悠扬流动
停泊在陶醉的聆听之中

此时，夕阳下没有行人
你柔柔的目光里闪烁着春情
我被照亮得不知所措
隐秘的激情反复在内心滚动

你用流漾的七彩光芒
化作诗珠来装点歌声
纯真的情感融入意象
我虔诚地静候一个奇迹的诞生

水乡少女（四）

一身黄桷蓝的清香
悄然似一颗会变幻的倩影
沿着深深浅浅的荷道寻觅
夕阳下一船温柔让荷感动

期待仿佛经历了许久
柳下的相约幻想成内心的永恒
用翠鸟的语言交流情感
幽香融化于一阵阵的甜美激动

一朵风中摇曳的红荷
是处女的吻，粉红色的梦
第一次翘起娇嫩的玉唇
渗透在脸上，颤巍巍的羞红

多想那个雨如情丝的黄昏
目光相交，灵魂与灵魂相碰
你的歌声，揉入我的心弦
纯净的缠绵生出一个相思梦

你真挚的情感，不是
用七个数变幻谱出的心声
是用心的震颤出泱泱涟漪
与炽热的思念流泻而成

细雨如丝湿润一支心歌
伫立在夕阳的小舟之中
眼泪迷蒙，你就是一枝荷
静静柔柔的总是冲入我难眠的梦

水乡少女（五）

这一片宁静的诗意水声
渐渐潜入我命运的深层
月光下，打开疼痛的部分
今晚我开始孤独地旅行

荷塘，动情的叶子纷纷沉默
星光染过的情愫，苦温一份柔情
怀春的少女丢下飘逝的白手绢
姑娘你采莲归来，我已不辞而行

心乱如麻，心烦如毡
轻轻一理就会抽出苦丝缕缕
我知道，你见不到我
心会被愁雨浇湿，生出疼痛

今夜，我信手摘一片荷瓣
静静回溯那天相遇的情景
你说我的心是一个甜蜜的影子
粘在你身上，放不下那段温情

让容易感冒的初恋
在很凉的天气取暖防冷
寂寞的夜晚，静静地沉默
此时，思念的镝子把我的心蜇肿

水乡少女（六）

在荷丛的整部书里
你这一页无疑是最有魅力
字字珠玑，声声入耳
牵动我目光的是你那轻盈的步履

风蚀的心在轻轻飘动
青春的季节闪烁着迷人的美丽
为了人生游戏的平衡术
你总是在注解一个旷世的秘密

当你从这里经过
一板一眼，脚步平平仄仄地轻击
都使那些休闲的芙蓉
顿时感到一种无法抑制的欣喜

一册新版的线装水墨
摇曳着一片相思的涟漪
时光中，总是闪现着
你那款款的长调与小令的清丽

水乡少女（七）

那天在荷旁不期相遇
你的歌声变得更加甜蜜
迷人的微笑犹如清澈的水
在河面上闪烁着醉人的涟漪

绚丽寂寞的多彩波纹
就是缠缠绵绵情窦初开的你
难道你还凋谢于苦苦的相思
看黑发散乱成憔悴，哦，荷塘少女

每当你的眼睛向我闪烁出迷离
我就能写出李清照一样的诗句
你就是一部古装诗集
让我静静地读出它的内在魅力

我真想织一张密网
连你细细柔柔的多情心语
一同网入我青春的梦里
如花似玉，哦，荷塘少女

你说，我每天的梦中全是你
总希望信鸽能捎来你的消息
于是，就有了一个动人的故事
荷塘的你，把时间染成一种美丽

淀　上

大淀的水很亮很清
有风无风都是一道风景
清清亮亮是大自然的馈赠
波纹的闪耀是内心的激动

水乡藏在大淀里
独享一片蓝天的明空
却从不拒绝每一颗
渴望甘露造访心灵

水乡的姑娘
总是把春心的柔情
敞开成溶洞流淌
成淀水绕过芦苇绕过芙蓉

清澈的波纹托着红荷
也膨胀着姑娘的春梦
此时，陶醉于水上
自己也变成了一道风景

荷摇曳着涟漪
姑娘的歌声在水面流动
目光越过九月的大淀
心却随着另一种生命远行

在岁月的岸边
静静地把你迎接
于是，你深入浅出
将一片爱心留在了水中

夕阳扇动着某种欲望
姑娘含苞待放的怀春倩影
柔和了曾经的沧桑
此刻，也覆盖了我的一双眼睛

早　晨

我怀揣着火
怀揣着一片灿烂的笑容
从水面，从苇丛
托起我的心愿、我的热情

随着摇曳的芙蓉
我也脱去了夜的斗篷
在七彩的绚丽中
我迎来了祝福中的又一个黎明

火的热烈，火的心情
在清澈凉爽的水面飞行
朝霞映着红荷
耀眼多彩的水面随之沸腾

大淀渐渐活跃起来
岁月的诗篇开始了歌颂
我双手捧着你的泪滴
晶莹中，看到了你妩媚的动情

秋 荷

在一个季节的尾声中
只有你在萧瑟中显得淡定不慌
让岁月在风雨里打坐
燃烧的憧憬依然在渲染着时光

站在西风的高处
那一声声的长调嘹亮
我发现在失去温度的时候
你用生命努力把内心的真诚释放

波纹里，沉默不语
沸腾的心潮掀动着波浪
闪耀的水面就像经文
风在朗读着一页页的篇章

在寒霜的清冷中
或独立沉思或眺望远方
流动的时间里
熟透的秋阳滚落在水面上

如一个岁月漂泊的小舟
有脉似龙骨的支撑
尽管无情的风雨吹打着
仍抓住远去的记忆不放

不需要锚
更不需要帆与桨
柔软、坚忍的耐力
总有一种对太阳的渴望

时光的沧桑中
心中的罗盘永不迷航
因为在这个世界上
你总有一种充满无畏的向往

经历风雨之后
仍是挺拔、淡定、安详
如一株松柏
傲视着入冬脚步带来的冰霜

码　头

在唐宋筑起的古老码头
动静相宜的渡口与渡船
依旧陈述着遥远的往事
弯弯岸边，如美人玉体的曲线

来来往往，人的奔忙
铺成水的皱纹迭出期盼
渡船如梭，多少故事
都镶嵌在荡来荡去的桨声里面

心的想象，流出姑娘的情韵
以玉色的情愫涂染着内心的思念
少女用一种矜持与羞涩
在青春里臆想邂逅一次浪漫

忽然，水面起雾
迷迷茫茫，姑娘的爱情如梦如幻
这条古老又沧桑的河流
是否也曾情系过你我的昨天

水乡的水

水乡的水
有男人的韧性
有女人的缠绵
也有迷人的鲜腥

淀水闪烁着光泽
映射着水乡的热情
泡在水中的少女
秀气的脸上透着灵性

大淀的水有些神秘
酒与歌筑成不朽的生命
小伙英俊的身影
潇洒中，几分豪爽几分英勇

大淀的水是闪动的酒
饮上一口就要醉倒不醒
少女的一曲心歌
唱出了水乡千年不变的憧憬

淀

蓬勃的大淀
燃烧着壮观的火焰
写满沧桑的符号
是你永恒生命的条条曲线

你的深度
是一种思想深邃的体现
你的浪花波纹
是人生旅途上步履的坎坷与平坦

水乡的生命
在你生命的每个角落劳作入眠
水乡的钙质
在清澈的血液里充实着质感

水乡的粗犷、豪放
是你辽阔波浪的呐喊
提纯水乡的灵魂
是你对生命与死亡的一种实践

唱你、写你
因为你是水乡永恒的伙伴
你与水乡的生命组成
你的生命是水乡生命的延伸

你给了水乡勇敢的性格
让水乡懂得了人生的美好与磨难
你长长的水道
把水乡内心的渴望深深浅浅地写满

晨钟暮鼓，千年如画
这片荡漾的水域披着袈裟
穿越梦境，一路而行
用水的韵脚写出一首首绝句诗篇

盛开的荷

天是上半阕，淀是下半阕
天空与大淀写满想象的诗句
写满亚当与夏娃的传说
写满丰腴的热烈和膨胀的安谧

水中，灌满沸腾的声音
想象的触须像奔跑的小驹
观一次空前裂变的节奏
就是静静地感受一种激荡的旋律

秋风从地平线上掀起
烈焰升腾把西天染成一片红海区域
姑娘用情歌献给大淀
芙蓉与少女的芬芳渲染人们的心绪

蘸一淀艳艳的红彩挥毫
一幅美丽的写意辉映天地
荷花，你这大淀之魂
横空出世抖动着五千年的积郁

黄昏回忆

夕阳过滤着一种情愫
往事就这样慢慢从心浮起
沿着梦中的目光清晰流动
带着灵魂开启一次旅途的回忆

回乡的路上，热心挟浪
踏着岁月路程，风带来儿时气息
泪与笑沉入思念的河床
溅起一阵阵丝丝甜意

记不起我的洞箫
遗忘在哪个梦的孔里
回乡的道路已朦胧
雾气浓浓，打湿我一片心绪

心海如归的波浪中
一盏挂在树梢的弯月明亮清晰
孤独得像一个飘摇的灯塔
总是为游子照亮归途的标记

心 情

一声离去的雁鸣
敲打着我疲弱的心情
一行行象形文字
一幅或浓或淡的素描风景

我抓住一场秋雨的阳光
就像候鸟抓住了秋风
那缕青烟如你临别的泪水
迷蒙的心，如寂寞的天空

我揣一部情书远去
你那双哭了一夜红肿的眼睛
我将背负两种滋味
情感的甜蜜与泪水的苦痛

在你惆怅的沉默里，你的手
柔润清凉，抚摸着我的魂灵
在缀满晚霞的雁声里
蝉鸣追逐信念，复制一天的心境
浓妆艳抹装饰着黄昏
远古的伊甸园流动着残梦
我们相视，她的泪在夕阳下
仍燃烧着未来美好的缕缕憧憬

水　边

逆流而去，桨悠悠摆动
如凉凉河水的魂灵
深深的水底，旋来
阵阵冰冷的无形风绳

流传千古的水音
如老之鼓乐的敲击声
束缚了我的肩膀
震动着我每一根神经

无力挣脱，畸形的枷
找古老而不衰的旨意而行
仿佛又闻，昨夜泪水
打湿的那句临别心声
眼望风化渔船的沧桑
一种气息在整理我的心情
无风无云的宁静天空
我情不自禁
层层碧波映出一种象征

我虽回去，心却已经
留在这片炽热的磁场中
于是，我默默祈祷
把幸福洒在水上，渴望一个奇迹诞生

干枯的河床（一）

河流已悄然无声地走远
记忆也一同跟着默默而行
动词燃烧在骨头上
以往的水声仍在呼唤着生命

一拨跟着一拨的羊群
走过五月的草根和三月的风
走过八月的柳枝脉络
把符号留在野兔基因的生存中

润物无声的盛典
已在遥远的记忆里飘零
在一颗鹅卵石上
呈现着冷暖的春夏秋冬

比经卷更空阔的远行
让西风疲于奔命
远离河水的河床
日夜枕着寂寞听时光诵经

干枯的河床（二）

曾经让多汹涌的水奔腾
大雁飞翔，鱼虾嬉戏，船只流动
现在你呈现的是风光
洒尽无际的孤独与寂静

我无法猜测那流动的思想
只听到现在的沉闷敲击得我心痛
曾想那是怎样的一幅画面
带着疑问，躺在你怀里平息静听

千年万年的往事，在时光的
弦上弹奏着不堪回首的心境
在孤寂中与天做着内心独白
接受着时间的风雨，默默无声

天上那只目无一切的眼睛
以夺目的光芒展示着炽热的无情
我依然用穿越时空的心
与你谈论，忘了年轮的事情

家　乡

一个古老安静的小村
一条土路，一条长堤
一个秫秸墙的小院
还有几只悠闲踱步的鸡

姥姥抹不去炊烟的身影
姥爷慈祥而又亲切，少言寡语
年迈的身体携着夕阳
等着我们放假归来

是我儿时走不出的世界
是青年奋发成长的生命根基
虽然贫瘠，但很纯净
是倾其所有给予我快乐的天堂圣地

仿若天涯，任我漂泊的
小舟千般思量着的归去
嗅一嗅那浸润祖辈的汗味
就想醉倒在家乡的这片田地

只想醉倒在月光下的小院
醉倒在姥姥慈爱的目光里
细数着她每根白发与皱纹
及年少时的天真与无忧无虑

钟　楼

在熙熙攘攘的大街上
日夜都执念着一种守望
在时间的怀抱里
我悄悄打开薄如蝉翼的梦想

当我慢慢靠近你时
你用朝代的体温滋润着我的想象
钟声早已不再作声
可岁月的钟声依然在你身上作响

寂寞的历史做着深层思索
翘角上的风铃仍在摇着时光
一座沉重，丰厚的古楼
就是一段历史更迭的无语沧桑

钟楼为何不再晨钟暮鼓
总有人问起这个不是问题的问题
这层面纱诱惑着人们的质疑
不语的文字总是奔走在记忆的道上
悬挂的大钟装饰着游客心灵
里面有多少故事都不露深藏
千年的时空，梵音一声声
在不朽的灵魂深处回响

钟声，穿洞人们的魂魄
在生命的辽阔上空浑厚悠扬
打开一本厚厚经书暗藏玄机
一次次翻阅内心一次次被点亮

世间许多事情都很难说明
就像钟楼的钟早已不再鸣响
对于古迹，我们每登一级台阶
就有一种快意一种沉思与冥想

天坛遗址

——保定的天坛遗址

有关天坛的事情很难说清
它的突然消失传说大于实证
眼前的遗址一片寂寞荒凉
曾经的辉煌已是一个符号与象征

地上的脚印层层重叠
我小心地展开传奇故事的内容
时间的精神和肉体为此引路
一束阳光将里面的人物一一唤醒

每年一次的仪式庄严隆重
为百姓的安康和国家的昌盛而祭祀
我在世俗中执念一种哲思
希望破碎的灵魂得到重生

天坛以另一种面目呈现于世
人生的风景都定格在别人眼中

心怀坦然沉默不语，它依然
承载着一个朝代的柔软与坚硬

每次仪式都为社稷祈祷
却未必能修补百姓内心的创痛
碎瓦破砖无法重合的相互问候
尚存微弱的气息还残留着斑驳背影

白云悠悠，风瑟草盛
在通往天国的驿站中
借助葳蕤的一分力量
探求当年的一张张虔诚面孔
泥土的音容笑貌及雍容的内心
在时光里湿润滋养着它的生命
明睿地读懂它意义的深远
落日与孤烟正纠缠着苍凉的残梦

大慈阁

岁月不居，曾经的香火鼎旺
让时间的脚步打开记忆的流量

历史褪去面纱执着孤独的灵魂
像是总也抹不掉的淡淡怅惘

从破损褪色的砖缝间
我听到朝代脚步发出的脆响
拾级而上，除去杂念
飘来的诵经声萦绕在我的耳旁

长年不断的香烟袅袅
打坐的僧人透视着凡俗的世态炎凉
木鱼敲击着时间的暮色
一株香火揉进了一抹斜阳
虔诚的人们用朝拜的心境
静悟着时间带来的一种迷茫
古老的经卷唱着一遍遍安然曲
袈裟在念珠里祝福着吉祥

大慈阁在经年中打坐修行
为一段光影流年残留一份余香
大慈阁一部装满烟雨的经书
斑驳的内容流露着耐读的灵光

它古老陈旧，又慈眉善目
用包容的心态守护着一方信仰
从木鱼与经声中一路走来
始终召唤着沉睡不醒的迷茫

淮军公所

在一个阳光刺眼的上午
我步入淮军公所的甬道上
穿过的清风飘着一种豪气
讲述着当年一桩桩轶闻的过往
厚重，浑然，内涵丰富
一座封闭多年的公所祠堂
背负着昔日沉重的大地背影
总是在古城的心脏浅吟低唱

戏楼的唱词曲调断断续续
变脸甩袖上演着岁月的沧桑
残缺的碑文在时间的过往中
陈述着一段历史的悲壮与凄凉

风，沿着水面与草尖划过
时间变得缓慢，变得安详
葳蕤的草木，清澈的荷塘
寂寞中咀嚼着不居的时光

大院内我注视着公文与书籍
静听着戏台上的锣鼓与轻唱
棋盘式的庭院彰显着岁月痕迹
时间之舟泊着昭忠祠的典藏

在时间午睡与风云的浓淡中
我回望着百年前的朦胧意象
公所一半装着古城的轶事
一半装着晚清的硝烟战场

淮军公所，百年以来
承载着朝代的基因与风霜
时间的文字走了留下了历史符号
此时我依然踟蹰在岁月的标点上

天门山

峻峰挨着峻峰鸟鸣折叠鸟鸣
赤壁幽谷站成与风合谋的风景
山岭奇绝，剑客高歌
构成优雅的语言结构游客的心境

高耸入云，鬼斧神工
让人惊讶与赞叹的远古地形
在云雾缭绕的时间里
真的让我不知用什么词语来形容

天门山像一位千年老者
眉宇间藏着鬼谷子的道骨仙风
沿着天门山的原始跫音走去
潜入历史潜入让人迷茫的深境

我感觉成了自然的一部分
抵达纯净世界通体无比放松
山石与草木在这里绵延不绝
转化为普度众生的一种使命

行走的节奏似一种艺术
在理性与非理交错中发出吱吱声
群山的语言穿过了梦境
茂盛的植物完美地展示悦目姿容

千年无法诠释的天门水
天越旱，它喷出的水越是汹涌
天门山的故事神秘绵延
古老的雄风总是把古老的轶事吹动

古道西风，芳华绝代
天门山以笑语和起伏抒发心情

张家界以立体的青春展示豪气
我的灵魂也融入生态的优雅中